御苦止め様

大山高志

文芸社

御苦止め様　もくじ

一　年の瀬

休日には決まって花水川《はなみず》の河口近く、下花水橋の袂に足を運ぶ良介。

そこは合流と蛇行を繰り返して来た花水川が、最後に大きく描くS字曲線の中ほどにあり、川幅が一際《ひときわ》増したその辺りは、緩やかな流れが時として揺蕩《たゆた》うように見える場所でもあった。

花水川は表丹沢の塔ヶ岳近くの源次郎沢あたりに源を発し、上流部は水無川《みずなし》と呼ばれて秦野市内を下って来る。

蓑毛《みのげ》を深く入った辺りに水源を持つ金目《かなめ》川と合流し、平塚市内では金目川と名を変えて下流へと流れて行く。

花水川と呼ばれているのは、河口より凡そ二キロほど上流、現在の南原《みなみはら》の土手辺りに、名残をとどめる桜並木の堤から大磯町と境を接する下流河口部までの愛称のようである。

そして、その名の由来は「その昔、春爛漫の桜の季節が訪れると、清流の河面は桜の花びらで埋め尽くされたその風情にあった」と土地の古老から良介は聞いていた。

そして、大磯二の宮へとなだらかに連なって行く、湘南丘陵の東端である高《こ》麗《ま》山の佇《たたず》まいが、すぐ目の前にあって、良介がこの川沿いの道から里山の雑木林へと散策を始めるスタート地点であった。

季節は巡り、年の瀬を迎える師走のことであった。山野草はとうに冬の眠りに入り、広葉の樹々は木枯しと共にその葉を落とし、冬籠りを迎えていた。

一　年の瀬

十一月の初冬より水面を吹き撫でる北風は、水波に白い波頭を誘い、止まらんばかりの流れを、河口めがけて押しやるように、後押しを繰り返していた。やがて暮も押し詰まる頃、山間《やまあい》を、頂から山裾へ、再び山裾から頂に吹き上げていた西風が動きを止め、束の間の静けさが漂うときがあった。山陰の冬木立は誰の相手にもされなくなった立枯れのように、微動だにしない。

南斜面の樹々は冬の陽射しを受けて、のんびり日向ぼこをしているように、良介には見えた。

一年《ひととせ》が終わりに近くなり、山も正月を間近に、束の間の休息をとっているに違いないと、良介は感じるのであった。

昼近く家に戻った良介は、ミカン山の佐藤さんから連絡が入っていることを、妻の香代から告げられ、携帯電話を書斎の机の上に置き忘れたことを思い出した。

「貴方が出掛けて、間もなくだったのよ。そう、九時半頃だったかしら?」

トレッキングシューズの紐《ひも》をほどくのももどかしく、脱ぎ捨てるようにして、居間に駆け込んだ。

「もしもし孝ちゃん、久し振り! 連絡しなくて悪かったな。今年は豊作だったのか?」

「おうよ。おめえ何時《いっ》まで働いているだ? そんなに稼いで、どうすんだよ。銭《ぜに》勘定が忙しくて、取りにこれねえんじゃあないかと思っていたぜ」

「いやあ、そんなことないよ。孝ちゃん所のミカンのおかげで、一冬《ひとふゆ》風邪引かずだよ。毎年楽しみに待ってんだ」

「楽しみに待ってんなら、早く取りに来うよ。今日は、二十九日だぞ。里芋、ネギもみんな泥つきだけんど、用意してあんからな……」

一　年の瀬

「昼めし食ったら、すぐに出るよ」

いい年をした大人とは思えない言葉のやりとりを済ませると、良介は裏の物置きに素早く走った。この日のために、できるだけしっかりした、大きなダンボール箱を三つほど用意してあったのだ。

孝二の住む中井は、足柄上郡《あしがらかみ》中井町といって、四方を小高い丘陵と山に囲まれた、小ぢんまりとした町であった。

北は〝神奈川の屋根〟と呼ばれている丹沢の山脈《やまなみ》を控える秦野、西は足柄平野の東端曽我丘陵で、南は湘南丘陵の二の宮町、東は平塚市の最西端遠藤原《えんどうはら》で境を接していた。

二十数年前、良介が初めてこの町を訪れたとき、率直にいって山に囲まれた〝ど田舎〟というのが第一印象だった。

ところが、時代の流行《はやり》か、物流の発達や、企業誘致によって、町のカラーが一変してしまったのである。

開発が進み、都市化への歩みを進めた道路事情は、その最たるものであった。

しかし孝二は、そんな時代の流れにお構いなく、十年一日の如くミカン栽培に取り組み、谷間《たにあい》の狭い水田で稲作を続け、採算の舵取りが難しくなった林業と、多角的な営農で生計を立てていた。

そんな孝二の頑固とも思えてくる信念の強さと、ひたすら働く姿に、良介は相通じる物を感じ、知り合って二十数年、気心の知れた絆は切れることもなく、ますます太くなり、結ばれていった。

「じゃあ行って来るよ」

「貴方、お正月用の銀杏《ぎんなん》、分けて貰って来るのを忘れないでね……」

「銀杏か……。ミカンが本命なのに、便乗願いだな。毎年のことだけど……」

孝二の集落の山神《やま》社では、毎年十一月三日銀杏拾いの集いがあって、鳥居近くの銀杏の枝を強制的に叩き落して、収穫するんだそうな（実際は早い者勝ち）。冷凍庫に眠っているその貴重品を、小さな茶筒に目一杯貰ってくるのが、香代の勝手な希望であり、忘れてならない良介の役目であった。

丹沢山塊の東端に位置している神奈備《かんなび》の山とも呼ばれ、三角錐を思わせる流麗な大山《おおやま》は、冬を迎えるとその稜線を一層はっきりさせる。その頂を見上げながら、良介は行き交う車も少なくなった秦野街道を上って行った。

二　出会い

良介と孝二が初めて出会ったのは、何をするにしても、前を見て進むばかりで、立ち止まりや後ずさりなど決してしない、互いに三十路に入ったばかりの頃であった。

それは良介が「三十にして立つ」といって、住宅設備を業とする小さな事務所を街中に構えてまもなくの頃だった。

季節は、走り梅雨が時折訪れる、五月下旬の頃であった。

知人の紹介で、たまたま中井町鴨沢《かもさわ》に現場を請けた良介は、数日そこへ通いつめることになったが、その道の悪さに僻地の感は強まるばかりであった。秦野街道を土屋《つちや》橋で左に折れ、七国《ななくに》峠を経て、井の口に出る。この交差点を横切って中井鴨沢方向へ進むと、急に道は悪くなり、カーブの多い山間の道になった。

舗装などされていないうえ、山から掘り出してくる砂利を満載した六輪のダンプカーと、頻繁にすれ違った。

路面の凹《くぼ》みを更に大きくえぐり、強烈な泥水を跳ね飛ばすと同時に、落輪しそうな恐怖に襲われる。我が物顔で突っ走る大型ダンプカーに、いまいましさが募ったものだ。

冷や汗と緊張の連続が一段落する頃、どうやら目的の現場近く鴨沢に辿り着いたようであった。

しかし、現場は小高い丘の上にあった。街道からその新築現場まで、百メートルもないというのに、再び緊張が走るのである。
○○邸新築現場。看板を左折して、かろうじて車が通れる細い道を上って行く。
進行方向右手は、山側の畑となり、左手は細かく区分された水田が段々状に作られていた。

「水はどこから引いているのだろう？」とそんな疑問が、ふと湧いてくる。答えの出る間もないうちに、更に道は狭くなっていく。

道境《みちざかい》に植え込まれ、好き勝手に延び放題のお茶の木が、ミラーをへし曲げ、ボディーをこすり、「キィーキィー」と音を立てる。現場に着くのが、ひと仕事であった。そんな思いを三日ほど重ねた昼過ぎの帰り道、「もう来なくていい」という嬉しさと、道に慣れたせいもあって、乱暴とも思えるくらいに加速して下って行った。

　大きくカーブした下り坂で、軽四輪トラックが田んぼに大きく傾いて、必死に脱出を試みていた。もともと擦れ違いなど、出来るような道幅などはない。運転席では、奥さんらしき人が懸命に操作をし、後ろにはねじりはち巻きをした旦那に違いない男が、形相すさまじく、後押しをしていた。

　車はむしろ後輪から徐々に、水田側に滑り落ちる感じがした。

「下手だなぁ……。どうする気なんだぁ……。落っこちてしまうじゃあないか……」

　良介は独り言をつぶやきながら、車を停めた。

　運転席の後ろに保管してあった専用の牽引ロープを探していると、「よう！　丁度いいところへ来た。兄《あに》さん頼むよ！　引っ張ってくれねえか！」

　返事は一つしかないのだが、挨拶やお世辞もないぶっきら棒な頼みに、良介は答えに窮してしまった。

「おい、恭子！　引っ張ってもらうべよ。兄さんに任せた方が、訳ねえよ……」
そういうが早いか、良介の車の下を覗き込み、フックの位置を確認してい
た。
バック発進の狭い上り坂、しかも路面が悪い上でのカーブで、良介は最悪だ
と思いながら逃げるわけにもいかず、ゆっくりと車に乗り込んだ。彼は既に奥
さんと代わって、運転席に乗り込んで、発車オーライの合図を送っていた。
「案ずるより産むが易し」で、首尾よく引っ張り上がると、「どうもありがとう
よ。ほんとに助かったよ。今日はこんな格好で、あいにく持合せがないんだ。
出世払いにしてくれろよ。名刺かなんか持っていたら、一枚頼むよ」
「いや、別に結構ですよ。困った時は、お互い様ですから……。でも何かの縁
で、再びということもありますので……」といって、良介は名刺を差し出し
た。

「海老沢住宅設備というのけえ……？　偉いなあ……、一国一城の主《あるじ》なんだな。この上の和《かず》ちゃん家《ち》の現場へ来てたんか……。もうぼつぼつでき上がりだべ？」

「ええ。今月末の引渡しだったのです。少し遅れていますが……。梅雨入り前には、なんとかでしょうね」

「そうか……でも、もう間もなくということだ」

旦那との会話を一呼吸おいたところで、奥さんが問い掛けて来た。

「この御商売、長いことやっておられるの？」

「いいえ、まだ駆け出しですよ」

「家《うち》も、いずれお世話になるときがあります。その節は、よろしく……」

そういって奥さんは、ひさしの大きな麦わら帽子を脱ぎ、姉さんかぶりのタオルを取って、素顔を見せた。それは滅法《めっぽう》な美人であった。農作業だというのに、念入りな化粧をし、背格好も旦那よりむしろ大きいぐらいで、ジーパン姿の足は、やけに長くみえた。額《ひたい》は広く、福耳は大きく開いていた。二重の瞳は、長いまつ毛で縁取られ、まるでミス○○とかの聡明な美人の雰囲気をかもし出していた。

「どうしてこんな美人が、この粗野な感じの旦那と夫婦となったんだろう。しかもこんな片田舎で……」

解けぬ疑問が頭の中を、駆け巡った。あっけに取られている良介に、「ほんとうに御迷惑をお掛けして、すいませんでした。ありがとうございました。お蔭様で助かりました」

そういって旦那とはうって変わって、丁重に頭を下げた。

「そんじゃあ、戻るべか」

旦那の乱暴な会話に、ふと我に返った良介を尻目に、奥さんを乗せるとアクセルを吹かして、いとも簡単に本道に向かってバックして行った。

それから数か月、日常茶飯の仕事に追われていた良介は、二人との出会いを特別に思い起こすべき理由もなく、ほとんど忘れかけていた。

その上、その年の夏は街路樹や公園の植栽が猛暑で葉を黄ばめ、中には落葉してしまうものもあった。

夏が好きな良介も、さすがに目くるめく暑さに、頭の中のすべてのものが蒸散してしまったようなひと夏であった。

やがて、庭先で集《すだ》いて止まない虫時雨《むししぐれ》、神社の秋祭り、山車《だし》や太鼓の賑わいと共に、移り行く季節の足音が、側を通り過ぎて行った。

そして深まり行く秋、静かな夜長が理由《わけ》もなく切なさや、侘しさを誘う頃であった。

「もしもーし、夜遅くわりいなあー。佐藤だけんど、憶えているかな？　この前は御苦労さんでしたよ」

「佐藤さん……?」良介は思い出すのに一瞬の間を持った。

そして、そのぶっきら棒な荒い言葉遣いは「中井の佐藤さん」であることをすぐに思い出した。

「はい、はい。忘れてはいませんよ。何でしょう?」

良介は少しずつ、あの綺麗な奥さんの記憶を呼び起して、会話のつじつまを合わせた。

「今年は、柿が当り年でよ……。カラスやモズに食われるのは、まだしばらく先のことだけんど、暇を見つけて奥さんともぎに来なせえよ。俺も忙しいから、気に入るような相手はできねえけど、好きなだけ、勝手にもぎ取って行きなせえよ……」

「ええ、ありがとうございます。それにしてもあんなことで御礼されるなんて……」

「いや、御礼でもなんでもねえよ。とにかく今が旬、一番甘《うま》いときだから……。ただそれだけのことよ」

「そうですか……。早速、家内と相談して、今度の土曜日あたり、御言葉に甘えて、御伺いいたします」

「じゃあそういうことで、よろしく」

いとも簡単明瞭なやり取りであった。言葉遣いは荒いが、実に素直な義理固い人間なんだと、良介は深く心に刻み込んだ。

週末の土曜日。大井に抜ける街道を隔てて鴨沢とは反対側の、山の中腹あたりにある彼の家を尋ねた。案の定、羊腸たるというべきか、舗装のないカーブの多い泥道をくねくねと上りつめて行くと、道は細くなるばかりだった。

不安が頂点に達したところで、唐門を思わせるような、荘重な曲線を持った大きな山門の前に出た。

「こんな所に、こんな広い屋敷があるなんて……」下から見上げている分には、想像もつかぬことであった。

山門の脇を車で抜けると、「忙しい」を連発していた割には、手入れの行き届いた端正な庭、白壁の大きな蔵がある。それを囲むように、枝もたわわな柿の木、母屋の幅一間、長さ五間はあろうかと思われる松の縁側。そこには街中の気忙《きぜわ》しさなど微塵もなく、ただゆったり感だけが漂っていた。

硝子戸が開け放たれた縁側の端で、ゴザに座り込んだ一人の老婆が、秋の陽射しを浴びながら、脇見もせずに、せっせと干柿を作っていた。

「こんにちは！　初めまして……。海老沢と申しますが、若旦那おります？」

顔を上げた老婆は、ずり落ちそうな老眼鏡《めがね》越しに、良介の顔をまじまじとみつめた。

「おお！　海老沢さんかえ？　孝二は嫁と裏山へ出掛けたが、すぐに戻るかどうか……。話は聞いておりますだで……。裏に回って好きなだけ取って行ってもらうようにと……。たんともいで行きなされ」

「ありがとうございます。お言葉に甘えて、早速取らせて頂きます」

蔵の前にあった鉤付《かぎつき》の竿を見つけると、香代と共に裏庭に回った。

粒揃いの富有柿がどの枝にも、どの木にもたわわに実っているのに、少しでも多く付いている枝を見つけてはもぎ取ろうとする。その欲張り心が目移りを誘い、あっちの木、こっちの枝と作業ははかどらなかった。

裏庭は、緩やかな勾配をもった見渡す限りのミカン畑につながっていたので、帰り際、興味本位のもの珍しさも手伝って、散策してみた。広い台地状のミカン園の末端の周辺は、擂鉢《すりばち》状の急斜面をもつミカン山になっている。谷を挟んで向こうの山も、こっちの山もミカン山。二山越えた向こうには、ただの雑木林とは思えない、針葉樹と広葉樹の混合林が連なっていた。

山間を縫うように走る街道からは、想像もつかない、人目にも触れないところで、「自然の一部みたいに、自然のリズムに合わせて暮らしているんだ……」と良介は、彼の人間性がなんとなくわかりかけたような気がした。

どこの裏山に仕事に出掛けたのか、三時のお茶の時間になっても、孝二夫婦は戻って来なかった。枝付きや、葉付きの甘柿を荷台に満載し終えると、好きなままごとでもしているかのように、黙々と作業を続けている老母に声を掛け、ゆっくりと帰路についた。

三　孝二の母、倒れる

こうして、良介夫婦と孝二一家の年に数回のお付き合いがはじまり、いつの間にやら二十数回を数えたのである。

孝二が父親の三回忌を済ませたというある年の秋、たしか十一月中旬の頃のこと。

「今年は柿の按配《あんばい》悪かったから、ミカンを早めに取りに来うよ」と、電話を貰った良介は、初霜が降りたかと思えるほどの冷え込みのきびしい朝、香代と共にいそいそと中井に向かった。午前九時を少し回った頃には、もう彼の家へたどり着いていた。しかし、彼の一家は総出でミカン山に出掛けたに違いなく、玄関は開いているのに、いくら大声で挨拶をかけても、誰一人応対に現れなかった。

蔵の前には、それとわかるように、ダンボールに詰められた色艶のよいミカンが、持ち帰りを待ち侘びて顔を覗かせていた。

「すぐに帰るのもなんだし……」

拍子抜けした良介と香代は、どちらともなくミカン畑でも散策してみようと、裏庭に回った。

東に向かってやさしくなだらかな下り勾配を持ったミカン畑。しかし足を踏み入れると、たこ足のように張った根は、地面を盛り上げるように凹凸がはげしい。たわわなミカンに見とれていると、つい前のめりになり、転びそうになる。

「あなた、ここからちゃんとした道ができていて、良くなってよ」

先に立って歩いていた香代が、立ち止まり振り返った。

「あれぇ……。道幅が妙だな？　一輪用としては広すぎるし、軽トラ用としては狭いな。周回しているみたいだな」

「ええ、南北に別れて、どうつながっているのかしら？」

二人は右折して南に向き、歩を進めた。

「きっとこの道は、彼の親父の車椅子用の道だったのかも。脳梗塞の後遺症で不自由になった晩年、唯一の楽しみが、〝山や畑の見回りだった〟といっていたから。こうやって道を整備して、車椅子を押していたんだ」

「孝二さん、ほんとうに偉いわね。昔の人は、〝人が歩けば道になる〟とか、〝踏み固まれば道になる〟とかいったそうだけど、こうやってきっちりとした道を拓《ひら》いて行くことって、想像しただけでも……。そのうえ、何年もの間お父様を乗せた車椅子で散策を続けたなんて……」

「いやあ、孝ちゃんばっかりではないと思うよ。奥さんだって、同じくらい大変だったろうよ。初めて出会ったとき、嫁に来て何年目だったか知らないけど、地が色白の美肌で化粧も髪の手入れも念入りだった。指先なんかパステルカラーのマニキュアだったもの。農家の嫁さんか？　と変に思ったくらいだよ」

「やあね、あなた、そんなところまで観ていて……」

「いやぁー、それだけ色白で、透き通るようなマスクをしていたんだよ。それが最近では、日に焼けて顔は浅黒く、紅《べに》などさしていないだろ。腕から指先まで、顔と同じくカッパー色と違うか？　健康そのものなんだろうけど、それだけ頑張っているんだよ」

「そうね……。でも生まれつき上品なのか、育ちがいいのかしら。恭子さんの顔には生活の影が宿らないし、いつもくったくがないから羨ましく思っていたけど……」

いつの間にか二人は、南側周遊道のほぼ中央近くまで来ていた。そこから数歩も進まぬうちに、数十メートル先の墓所近くに、なにやら異様な光景を視野に捉えた。墓所といっても、石垣や手摺で仕切られ、一段高く威容を誇っているような佇まいではない。ミカン園の一隅に、古き習わしのまま葬《とむら》われた一族の石碑が列をなして建てられている、ごく素朴なものであった。その手前にある人の形代《かたしろ》みたいな木像に、どうやら〝たみ〟婆ちゃんがしがみついているようだった。

「お婆ちゃん‼　どうしたの？　何してんのよ？　そんなところにすがりついて！……」

二人は大声で問い掛けながら、たみ婆ちゃんに駆け寄った。足元がおぼつかず、前のめりになって、木像に必死に抱きつくような格好だ。そして左手は像に巻かれた注連縄《しめなわ》を摑《つか》み、右手は幾度となく摑み損《そこ》ねて、空を切っていた。

「婆ちゃん!! どうした? 何やってんだ?」

良介はただならぬ、たみの様子に驚き、必死に抱きかかえようとした。

「右手が……右足が……どうにもえらくて……。目が……まぶたが震えてどうにもこうにも……」

舌がもつれて、言葉もはっきりと喋れないようだ。震える手先で、なおも縄を摑もうとしていた。香代は目の前のミカンの木々の根元に敷かれた藁をわし摑みにしてどかし、とりあえず横たえる場所を作った。

二人でたみをそっと横にして休ませると、良介は救急車の手配に、母屋へと走った。

突然声も出ないほどの衝撃に襲われたたみも、良介や香代の顔を見て、いくらかなりとも安堵の気持ちが湧いたのであろう。良介がとって返したときには、小春日を浴びて、藁床でうつろな眠りに入ろうとしていた。そして時折、「家に帰してくれ」と力の入らない半身をよじるようにして、起き上がろうとした。

坂を上って来る救急車のサイレンを耳にしたとき、二人は初めて深い息を吐き出したのである。深呼吸を数回繰り返し、気の動転を鎮めると、「よし!!山に向って大声で叫んでみよう」と良介は立ち上がった。東側の谷に向かって、歩き出して間もなくの事であった。

〃ピーポー、ピーポー〃と山間をこだまして行くサイレンの音が、わが家の方向にやって来ているようだと、山のどこかで聞いていたのであろう。孝二の家族やお手伝いの人達が、谷向《むかい》のミカン山のどこからともなく、湧いて出て来るように、息せき切って、駆け付けて来た。

「やっぱり、お袋か!!」

孝二は担架で運ばれるたみの寝姿を見て、予想していたかのように呟いた。

「恭子！　俺が付添いで行って来る。後のことは頼む。良ちゃん、良ちゃんが連絡してくれたのか？　ありがとうよ。不幸中の幸いというのか、巡り合わせというのか、ほんとうに助かったよ。詳しいことは、また後で……。とりあえず俺は、行って来るから……」

こんな状況に出合えば、誰だって慌てふためくのは、当たり前のことである。血の気が失せた顔色と同様、頭の中も蒼白になっていたに違いない彼は、そう言い伝えると、急いで救急車に乗り込み、山を下って行った。

四　木像の由来

㈠　長太郎、雄二の死

初期処置が速かったことが幸いして、たみは大事に至らなかった。そして容態も安定し、ミカン収穫の目途も付いたようだ。一段落したといって、夕べの木枯しが、うそのように吹きやんだ十二月初旬の小春日和の午後、お礼のあいさつに恭子が良介の事務所を訪れた。

「その節は大変お世話になりました。一か月ほどの入院安静加療という診断を頂きまして、家中安心いたしました。後遺症も出ないだろうとのことで、お蔭様でほんとうに助かりました。ありがとうございました」

背の高い恭子が深々と腰を折る様に、恐縮した良介は、返す言葉にためらいを覚えて、ただ「いえ、いえ……」と口ごもるだけであった。

そして香代がお茶を入れて来たところで、やや間の余裕を持ったつもりになった。

「順繰りだと一口にいいますが、いざ直面すると年寄りの介護は、二重三重の負担が掛かりますね……」

「そうですねえ……。でも私は高校時代、父が脳血栓で三年ほど、嫁いでからも義父が同じような病で五年。その間に出産と育児、少し間を置いて今度でしょう。病人や世話の焼けることへのお付合いは慣れっこなのですよ」

いともあっさりと答えを返した恭子の顔には、苦労を重ねたであろう影は微塵もなかった。

煩わしいことはできるだけ避けて通りたがるいまどきの風潮の中で、やせ我慢にも、突っ張りにも聞こえなかった恭子の言葉に、良介は再び感心せざるを得なかった。

「ところで、恭子さん！　たみさんがしがみつくようにして、もたれ掛かっていた等身大の仏像のようなあれ、なんですか？」

「ああ、あの木像ね……。苦止《くど》め薬師様とか、御苦《おくや》止み様と呼んでいる、佐藤家の嫁の御守様《おまもりさま》なんですよ」

「へえ……。かなり古いものなのですか？」

「いえ、伝え聞いておりますには、曽祖父の作で、明治末期のもの。芸術作品でもなんでもありません。内々のものなんです」

「でも、前々から興味を惹かれていたものですから、差支えなかったら、話して頂けます？」

恭子は即答を避け、思案の間をおいた。

〝たみから伝え聞いている由来を話せば長くなる。一方良介の希望を叶えれば、返礼の意味合いも深くなる……〟

お茶を御代りし、椅子に深く座り直しながら、恭子は後者の選択を心に決めた。そして腕時計をはずし、テーブルの前に置くと、ゆっくりとした口調で語り始めた。

明治の中頃、まだ佐藤家が林業と炭焼きを生業《なりわい》としていた頃の話である。当時の家長、順一郎は、先代達の築いてきた富と、時代の流れに乗った幸運者で、少々粋な人でもあった。その子、長太郎は、父親の分まで働くほど、村一番の働き者といわれた若者だった。

明治の初め、廃仏毀釈運動もあって、人手も少ない辺ぴな村なのに、村の祭りに神輿《みこし》が担《かつ》がれるようになった。その秋祭りの神輿を担いでいる最中、事もあろうに長太郎は、心臓発作を起こし、それこそ村衆の目の前であえなく命を落としてしまった。まだ数えの二十六歳の若さだった。

夫婦《めおと》になって、まだ二年を経るに至らなかったせいもあって、子宝もなく独り残された嫁のユキは、二十歳だった。悲運というのは、予想を超えたむごさ、にあるものなのだろう。思いも寄らぬ別離のショックも大きく、身の行く末を案じて悩みも深かったのは、想像に難くない。三度の食事もろくろく喉に通らず、傍目にもやせ細るのが、痛いほどわかっていた。黒髪が抜け落ちて、少年のような頭になったユキを見るにつけ、姑のうめとしても、離縁の話など切り出すには酷で、時の流れに任そうと決心していた。

過ぎたる日々の思い出は、長太郎と共に消え去り、また思い出だけでは心を癒《いや》すまでには至るはずもない。ユキの心を慰めたのは、男衆に混じっての檜や杉の枝下ろし、大鎌で断ち切る下草刈り、危険と隣合せの急斜面での作業、原木の山曳き、そしてその道造りや炭焼き。どれもこれも、目を開いていられぬほどしたたり落ちる玉の汗、血の滲むまめの数々。きついがゆえにそのときだけでも過去を忘れさせてくれたのだった。

そして季節の巡りの中で、樹々の枝や下草から、枯草に被《おお》われた大地から、息衝《いきづ》く新しい生命が生まれ、育って来る。そこには暗さや、悲しい過去の影など見当りはしない。ただひたすらに輝き、けなげなまでに生きている〝今〟だけがある。そして、時折自然が与える残忍なまでの試練に、屈しようともせず、生命を育む森や山の動植物達。そんなあるがままの自然を観ながら、ユキは立ち直っていった。

ユキが嫁いだ当時、佐藤家は両親、長太郎、弟雄二の四人家族、それに使用人の善弥《ぜんや》、菊造、彦二郎の三人、隣村の沼代《ぬましろ》に嫁いだ姉さわときよの二人が、手伝いに来ていた。主《あるじ》の順一郎は、働き盛りを過ぎたといっても、隠居するには早すぎるのに、仕事は長太郎に任せきりだった。そして長太郎亡き後は、次男の雄二に任せきりにしていた。

集落を少し南に下がって、二山《ふたやま》越えた所に、井の口というところがある。そこは東海道を沼津、三島を経て箱根峠を越え、小田原に向かい、更に飯泉《いいずみ》、曽我、六本松峠を越えて大山に至る、参詣者の通り道だった。

もちろん、巡礼道としての矢倉沢往還もあったが、少々遠回りであったため、駿河路《するがじ》からは、この表街道を利用して来ていた。

休憩の茶屋で、旅人と親交を厚くしては案内役を買って出る社交家の順一郎は、材木の商談だと口実を作っては、大山参詣後、茅ヶ崎藤沢方面への大山街道を下って、江の島に泊り、一晩遊んで帰るのが習慣になりつつあったときのことだった。

立ち直って甲斐甲斐しく働くユキは、貴重な労働力であり、若さ溢れる花だった。姑のうめは、次男雄二の連れ合いにと、密かに思うようになっていた。雄二は長太郎より三歳年下の無口な青年で、兄と甲乙つけ難いほどの働き者だったが、内向的で口数も少なく、ただ黙々と山の仕事に励むばかり。村の青年部の寄合にも三度に二度は理由をつけ、あまり出たがらなかった。そんな性格が災いしたのか、少々縁も遠かった。

雄二はユキを相変わらず「姉さん、姉さん」と呼び、兄嫁のイメージを拭い去ることなく、再び一年近くの歳月が流れていった。

大秦野から北へ、ヤビツ峠に向かう丁度中ほどあたりに、大山参詣の西の玄関口〝蓑毛《みのげ》〟という所があって、そこから東へ浅間山へと上り、更にくねくねと昇り詰めて行くと、佐藤家が代々守ってきた檜の山がある。時勢の流れで檜が一般住宅にも使われるようになって、伐採に追われる日々が続いた。順一郎が偉かったことの一つは、当時、個人の山としては皆無に等しかった植林を、後世のためにと怠りなく務めたことだった。

十年、七年、五年ものの若木が、南側斜面に順序正しく育ち始めていた。三年前ユキが嫁いだ年、長太郎が雄二と共に植林した苗木が、跡形もなく鹿に食い荒らされていたのを見つけた雄二は、懲らしめのためにワナを仕掛け、その回収に初めてユキを誘った。山仕事はいつも三人一組で出かけるのが常だったが、伐採や曳き出しでもなかったので、二人は姑の許しを得て出掛けることにした……。

背負子《しょいこ》ににぎり飯や水筒をくくり、腰にロープとナタ袋をつけ、地下足袋《じかたび》に、こはぜの脚半の出立《いでた》ちで、後を振り返ることなくせっせと歩く後ろ姿は、どこか長太郎に似て、ユキは幻影かとしばし目をこすった。

「雄二の仕事への取り組み方は、長太郎にも劣らない。雄二には雄二の信念があって、必要なこと以外は口出しをせず、口数の少ないこと、それが雄二の雄二らしいところだ。逆に長太郎は全てに口出しをして、ついつい目立ち過ぎたところもあったけど……」

ユキは曲りくねった坂道を、思いを巡らしながら付いて行った。不思議なことに、雄二もその時ユキのことを思い睦《むつ》んでいた。

遠州は浜松より天竜川をずっと奥地に上がった山間の寒村瀧山《たつやま》に、杣《そま》の娘として育った兄嫁は実にまめであった。男衆に混じってのきつい山仕事に決して弱音を吐かない気丈な性格、それでいてその器量よしと微笑んでいるような瞳、カナリヤのような澄んだ声、荒くれ男に引けを取らない男勝りの性格を優しさ一途でカバーする兄嫁は、雄二にとってさわやきよの二人の姉とはまた違った敬愛する異性であり、常々兄を羨ましく思っていた。

菜の花の咲く頃になると、浜松の材木商達が、講を組んで大山参詣に駿河路を上って来た。山泊りから解放された杣仲間と共に、親爺に付いて幼い頃からそのキャラバンに加わっていたユキは、順一郎のおめがねにかなった。彼女が年頃になったのを見計らって、長太郎の嫁に是非にとお願いしもらい受けたのである。

雄二は夢から醒めたようにふと立止まって、「ユキさん、一服しますか？」と少し距離を置いて上って来るユキに声を掛けた。

ユキは「姉さん、姉さん」といつも呼んでいた雄二が、初めて「ユキさん」と呼んでくれたのに一瞬心になにか走るものを感じた。

「ええ、この辺りは休憩するには、もって来いの場所ですね。斜面を少し上ると、あの岩場から水が流れ落ちていますし、この深い木立を抜けてしまいますと伐採で荒れた山肌が少しばかり続いて、遮る木立がなくなりますものね」

呼吸《いき》をやや弾ませながらユキは答えた。二人は緑陰を渡って来る一陣の風に、なんとはなしに上気していた心と頬のほてりを鎮めた。岩場から跳ね落ちる清水は、精気を復活させるに十分な活力と冷たさがあった。水筒の井戸水を入れ替えて満杯にした二人は、軽く顔を洗い清めるとどちらともなく歩き出していた。樹林の途絶えた山肌の見える坂道をゆっくり上りながら、ユキは尋ねた。

「ねえ雄二さん、ここいらは随分伐採を進めたんですねえ……。私の故郷瀧山は、天を突くように檜や杉の大木がうっそうと繁り、昼なお暗いほどなのに、このような明るい光景は初めてですわ」

「そうですね……。そちらの産地は樹齢百年、百五十年、いや二百年はざらでしょう。神社仏閣の造営には欠かせない良いものがあったから……。ここいらは一般建築向けの需要が増えて、それに合わせて伐採に踏み切ったのですよ」

「でもここから山おろしをして、里への出荷は大変ですね。瀧山には、天竜川が流れていましたから、山おろしさえすれば、イカダを組んで下る一方でしたもの」

「そりゃユキさん、運び出しの日雇《ひやとい》さんを含めて、職人集団の命懸けの連係ですよ。特にバン木という枕木の上を滑る木馬《きんま》を使い、肩に紐帯《ひもおび》を懸けて引っ張り運び出す作業は、馬なみの剛力と寸分狂いなくかじ棒を操る精密さが求められます。皆達人ばかりですよ。それでも命懸けなんですよ」

「ほんとうにそうですね。お父《とう》も杣の道で、斧の名人と威張っていましたけど、木を切り倒すって命懸けですものね。その命懸けのお父の姿は、木の命を預るという真剣さに繋がっていたのかしら……」

やがて二人は、目指す佐藤家の山に辿り着いた。切り倒した原木を山曳《やまび》きして下ろすために造った道を逆上り、急斜面を蛇行しながら進んで行った。

「檜は天をふさぐように、真直ぐに育った巨大な木」というイメージが脳裏に焼き付いて育ったユキにとって、添木より背丈は小さく風のまにまに揺れ動く苗木は、三〜四年経ているとはいえ、ひ弱そのもの。

植物であるのに人間の赤子と同じように、目が離せない気懸かりばかりが先立つ存在であった。

別の斜面では、自分の身の程を追い越し一間《いっけん》近くに成長した幼木達。そしてその向うには、更に背丈を伸ばし少しずつ見上げる高さが増し、林と呼べるような佇まいを見せはじめた若木達。幹を包む檜皮《ひはだ》も赤味が強く、いかにも甘く柔らかそうな感触に、そっと触れて撫でてやりたい気持ちが湧いて来る。若い生命力がそうさせるのだろう。樫の鬼皮のような褐色の木肌、力強さの親木達とは違った魅力を持って生長している。これがはち切れんばかりの青春の命というのだろうか。

しかしどんなに短くても、あと十数年は手を掛けないと次の世代には渡せない。そんな手間や苦労、期待、喜びのすべてを水の泡にする鹿は、植林を手掛ける者にとっては厄介な存在であった。

中腹よりやや上に来たところで、悲しげに呻《うめ》き合う獣の声を聞いた。

「何だろう？　ユキさん、熊じゃあないな。猪の子か？　ちょっとここで待っててくれ」

そう言い残し斜面を真横に、泣き声のする方向に走って行った。数十メートルは突き進んだろうか。雄二はワナに掛かったのが期待していた鹿ではなく、その鳴き声から歓迎していなかった猪の子であることを認めざるを得なかった。

「それも二匹だなんて……」

あたりに親が潜んでいるに違いないと、用心深く近づき腰から鍵をはずし、谷側に背を向けてしゃがみ込んだ。

雄二に近づかれた猪の子は、恐怖を感じて、あたりをつんざくような悲鳴を上げた。それを聞いたもう一方も、親の助けを求めるように一層大きな叫び声を上げた。

「なんだ……なんだ……。こりゃあまずいな。朝掛かったのかな……。早いところ外さないと面倒なことになるな……」

独り言をいっている矢先、牙と歯がカチカチと摺り合っている音が聞こえた。その方向に目を移した途端、茂みの中から巨大な猪が突進して来るのが視界に入った。

頭を下げ目を吊り上げたすさまじい形相と、至近距離からの迫力に圧倒され、身を躱《かわ》すこともできず、なすがままにもんどり打つように吹き飛ばされた。あまりの劇痛に、苦しいばかりで声も出なかった。斜面をどのくらい転がり落ちただろうか……。体のどこにどう衝撃を受けたのか、自分が呼吸をしているのかさえわからず、意識はもうろうとしていた。

「雄二さん!!　雄二さん!!　しっかりして……!　だいじょうぶ?」

絶叫して呼び起すユキの声に、

「あたりが暗く、体がだんだん重くなっていくみたいだ」と雄二はかすかな声で答えた。横腹の傷口を本能的に押えた指の間から、かなりの血が滲み出てくる。

ユキは、山行きには欠かさず持ち歩いている非常用の小袋から、止血用と化膿止めの薬草粉末を取り出して、胸の晒《さらし》をほどいて包帯代りに止血の応急処置をした。

「安静にしておきたいけど、こんな山の斜面に置き去りにして応援を頼みには行けないわ……。礼次郎さんの炭焼小屋と里に下りるのと、どちらが早いかしら……。いや蓑毛《みのげ》の村里に行けば、きっと馬力《ばりき》かなにかにすれ違うかも……」

「ユキさん。俺をこのままにして迎えを頼みに行ってくれ」

痛さよりも出血のショックで声を出すのがやっとの雄二が必死に頼んだ。

「いえ、雄二さん！　水飲み場のあるあの森まで頑張って下さいな。あそこまで行けば、なんとか手筈《てはず》ができると思います。私が背負って行きますから……」

雄二は度胸の座ったユキの心意気に黙って従うことにした。

ロープを紐《ひも》代りにして雄二を背負い、およそ一キロ水無川に沿って森まで辿りつく積りだった。筋骨逞《たくま》しき雄二も、生身の人間だった。深傷《ふかで》を負ってまるで人形のようにへなへなになってしまい、背負うまでは容易であった。しかし十七貫の重みは、女の肩にずしりと食い込み、思うように足が進まずへたり込んでしまいそうなことの繰り返し。木馬《きんま》を引っ張る職人さんを思い浮かべては、幾度となく気合いを入れ直し、集中力を切らさず進んでいった。やがて牛歩しているのか、曳きずっているのかユキの意識ももうろうとして、ただただ足を半歩前に出す気力だけで進んでいるようだった。森近くで別の山から粗朶《そだ》を背負った村人に運よく出会えたユキは、応援をお願いし雄二を緑陰に寝かせた。血が滲むほどに張れ上がった両肩を流水で冷やし、玉の汗で脱水症状にも近かった体に、冷たい水をたっぷり与え、「腹が減った」という雄二と共に遅い昼食を取って、応援の来るのを待ち侘びた。

馬力の荷台に数枚の筵《むしろ》を重ね、ガタゴト道を下って家に着いたのは、夕暮れのことだった。

薬草を調合したユキの手厚い看護に、雄二の傷も快方に向かったと思われた矢先の八日目、雄二は突然高熱にうなされるようになった。そして口が開けなくなるや、手足の筋肉の硬直とけいれんが激しくなり、それから僅か数日であっけなく命を落としてしまった。現在の医学でいうなら、破傷風菌に感染したのであろう。

ユキは長太郎のとき以上のショックを受け、自分自身をどう癒していいのか、わからなかった。長太郎は看護のしようもなく、事切れて戸板に乗せられて帰って来た。

雄二には数日であったが、精一杯の看病をしていた。けれども、一瞬の隙を突かれたようにものをいうことができなくなって、あっけなく命を失ってしまった。

長太郎、雄二の二人とも〝死ぬ〟なんてことは最後の息を吸い込むまで、思ってもみなかったし思うはずもなかったろう。それは家族皆、同じ思いであった。二人は「おてんとう様は間違いなく東の空から上がる。それを拝める明日がある」と、ごく当たり前に生きていけるつもりでいたし、体中どこを叩いても、二十代半ばでこの世に別れを告げるなんていう思いは、出てくるものではなかっただろう。

もし命の先が少しでも見えていたなら、二人はきっと、ユキに何かしらの伝言を残して逝ったはずだった。二人は何か命を奪われるように、実にあっけなくこの世から、ユキのもとから消え去って行った。

ユキはその何かがなんであるのか合点がいかないと、今度ばかりは立直りができないような気がしていた。

(二) 順一郎の計画

「しばらくは里に帰って、あの滔々《とうとう》と流れる天竜川を眺めて暮らしていたい。あの天を仰ぎそそり立つ檜の古木達は、すべてを知り尽くしている気がする。根っこに座って昔のように、心で触れて語り合いたい」

ユキはなぜか故郷がとても恋しく思われるようになった。

「瀧山には数百年を数える檜の大木が、うっそうと繁っている。樹齢はいったいどのくらいまであるのだろう。大地にしっかりと根を張って人間の何倍も生きる巨樹、その巨木達はお父《とう》達によって切り倒され、命を預けた後、再び形を変えて数百年は悠に生きていく。人の命って何だろう？　樹の命ってなんだろう？　自分が生まれるずっと前から、村のこと、山のこと、森のこと、家族のこと、天竜のことすべてを知っている。雄二の喪が明けたら、檜の山々に戻って静かに語り合いたい」

ユキは秘かに思いを募らせていた。

「暇を頂いて、しばらく里に帰ってみたい」と義父の順一郎に切り出すタイミングをはかっていたある日のことである。

三人になってしまった夕餉《ゆうげ》の膳で、順一郎はユキに切り出した。

「ユキよ。お前なりに悩みが深いのは、よく承知しておる。時が解決するものもあればそうでないものもある。お前の思いもあるだろうし、わしの希望や考えもある。どうじゃ、二、三日したら気分晴らしに江の島にでも行って、羽を伸ばして来ようではないか。人力車で行くのもいいもんだぞ」

ユキは突然の誘いに戸惑いもあったが、「力車《りきしゃ》」に乗って行けるという言葉に、娘心がうかつに動いて、間を置くことなく「お伴いたします」と素直に答えてしまった。

「それはいい。山仕事もそれはそれなりの風情もあるけんど、時には水平線の彼方まで広がる青い海を眺めるのも結構なことよ。寄せては返す波の音を聞いてくるのも、またいいもんだ」

早速にと言はんばかりに、うめも相槌を打った。

四十九日の半ばにも至らない三七日《みなのか》の日、ユキは喪中であることを忘れてしまったかのように、朝から心が浮いていた。

村の入り口にある井の口に、人力車が迎えにやって来る。幼い頃、お父達と江の島には行ったことがあったが、お大尽《だいじん》か、お偉《えら》いさん達だけが乗るものと思い込んでいた人力車。

それに乗ってのお出掛けは、格別の思いがあった。

伊勢原、平塚、茅ヶ崎と一人乗りの人力車は平坦な道を快調に飛ばした。藤沢の西端、四つ谷あたりで少し長めの休憩を取って、江の島に着いたのは、午後二時を回っていた。

「お義父さん、御馳走を食べたり、見物したり、湯あみしたりと、お義母さん一人残してあたし達だけゆったり気分に浸るの、わかっていてもなんだか気が引けますね……」

「心配するな！　娘のさわが沼代から来ているわ……」

「そうですか。お義姉さんが来て下さるなら安心ですね。こちらものんびり出来ますわね」

ユキの心は再び高鳴るようにはしゃいだ。

力車は橋を渡って、順一郎おきまりのI楼に着いた。

山間の街道に沿って点在する集落よりひときわ離れて、ぽつんと山の中腹にあった順一郎の家。四界が晩春から初夏に衣替えする精気に溢れる時節であったのに、夕暮れから宵にかけて順一郎の家に漂うもの寂しげな雰囲気は、ランプのせいばかりではない貴重な男手が一人欠けたゆえの寂寥感であった。

それが今、ユキの目の前に広がる艶《あで》やかな世界。お正月が二つも三つも重なり合ってやって来たような、朱塗りの膳に盛られた賑やかな御馳走。お客より数の多い、腰のしなやかな芸者衆。三味の音や踊りに魅入って、つい勧められるままに酌を受けていたユキは、今の自分以外のすべてを忘れて宴を楽しんでいた。

「ユキさん！　少し酔いでも醒まします？　離れで夜景でもご覧なるのも、ようございますよ」

女将《おかみ》の呼び掛けに、ふと我に返ったユキは、片瀬の海が一望できる離れに通された。

どこまでも遮《さえ》ぎるもののない、うすぼんやりと闇の彼方に見える水平線。山また山に囲まれた中井とは違った世界。宴会場の華やかさから離れると、ふっと現実が戻って来るような気分に襲われる。

「不思議な世界。芸者衆の艶っぽさに心が麻痺《しび》れてしまうのかしら？」

ユキは一人呟きながら、波頭が白く砕け散る眼下の荒磯に視線を投げていた。

「長太郎も、雄二もこんなお大尽《だいじん》遊びの世界に浸ったことがあったのかしら……。お義父さんだけの特別のものだったのかしら……。それにつけても、二人共あまりにも短かったわ……。人って、生まれた時に目に見えない、その人だけの日めくりを背負って生まれて来るのかしら……？　二十五歳までの寿命の人には二十五冊、六十歳まで生きられる人には六十冊の……。その一枚一枚には、その日その日の出来事やその人の運命《さだめ》が克明に書き込まれているのかしら……。私が何冊の日めくりを背負って生まれて来ているのかは、神様だけが知っていて、私にも誰にもわからないのかしら……。

長太郎は二十五冊と十か月分の日めくりしか与えられていなかったのかしら。周りも自分も、もっと生きて当たり前だと思っていたのに、捲《めく》る日めくりが一枚もなくなったとき、生が突然のように終わりを告げたのかしら……。

それにつけても、それが運命だったとか、寿命だったとか、そういう星の下に生まれて来たとかいわれてもあまりにも残酷過ぎて、納得できないわ」

ユキは潮の香りが強い夜風にあたり、酔いを醒ますうちに、ついつい二人の生の短さに、合点のいかない不満が募って来るのを押さえ切れなかった。

「私の日めくりは一体何冊なんだろう。どんなことが書かれているのだろう。これから先、どんな運命の展開があるのかしら……。すべては神様だけが知っているなんて……」

独りぶつぶつと念仏のように唱えているとき、

「ユキさん！　お風呂はいかがですか？　大きな岩風呂でゆったりできますよ。御案内いたしましょうか？」

「ええ、ありがとう。もう少したちましたら入ります。義父はまだ飲んでいるんですか？」

「お義父様は、いつもいつも賑やかな方で……。まだ広間の席におられたと思いますが……」

「そうですか……。じゃあ湯あみに行って来ましょう」

急に何を思いついて気が変わったのか、ユキはタオルを用意すると浴場《ふろば》に向かった。

憂き世のことを忘れて長湯をしたユキは、再び今の自分だけに浸れる気分になって、ほてった体を冷ましながら、離れに戻った。

「明日の朝は、寝坊してもいいんだわ。帰りも力車だなんて……。楽ちんだわ。こんなことができるなんてお義父さんや、お義母さんに感謝しなくちゃあ……」

そんなことをいいつつ中仕切《なかじきり》の襖《ふすま》を開けたとき、ユキの心は動転した。きちっと二組の布団が延べられていたのだった。

「はなさん!! はなさん!!」

ユキは女中部屋へ走った。食事をとっていた女中達の視線が、一斉にユキに向けられた。

「はなさんは? 女将さんは?」

「女将さんはお客様と商談中で応接ですよ」

冷静な受け答えに、

「逆上《のぼ》せて、部屋を間違えたのかしら?」

なにがなんだか混乱して取り乱してしまったユキは、女将のいる応接に行こうか、もう一度離れの部屋を確かめようか、ためらっている時であった。風呂上りの浴衣に、頭にタオルを巻いて、義父順一郎が鼻歌交じりにやって来た。

「お義父さん!!」

「なんだユキ、どうした？」

二人は同時に声を発したが、感情が昂《たかぶ》っていたユキはなにを、どのように話していいのかわからずそのまま黙ってしまった。

「ユキ、気分がいいだろう。ここは風呂もいいしな。海鮮の御馳走ぜめだし、眺望もいうことなしだろうが……」

「ええ、とても楽しうございました。でもとても気に掛かることがありまして……」

「なんだ？　なにか気に入らぬことがあったのか？　部屋に戻ってゆっくり話そうや」

「部屋って？　離れのこゆるぎですか？」

「そうだよ。あそこは特等室でな、今日はユキのために奮発したんだ」

「ありがとうございます」

ユキはそう答えて、それ以上言葉を続けなかった。

部屋に戻っても、一向に口を開かないユキの異様な雰囲気を感じとった順一郎は、窓台に座布団を敷き、ゆっくりとした口調で話を切り出した。

「ユキ！　お前を騙《だま》してここに連れて来たのではないんだぞ。二年前に、長太郎が夢想だにせん死に方をした。ここでまた雄二が後を追うように、まさかのことだ。このままだと、佐藤家の直系の血筋は絶えてしまうのは、お前も承知の通りだ。

お前は働き者だし、機敏で山仕事は幼い頃から身に付いているから、女子といっても男衆の誰にも負けないものを持っている。まだ若いから、故郷《くに》に帰してやり直してもらうのが筋だとも思っていた。

しかし手放すのが、もったいない嫁だとわしばかりでなく、うめも思っていたのだ。長太郎、雄二が亡くなった現在、わししかいなかろうが……」

順一郎の顔は、酒宴のそれとは打って変わって、家長のそれも命令するような雰囲気を漂わせていた。

「そうはいっても、生まれて来る子は男の子とも、女の子ともわかりませんのに……」

「雄二の子供として生まれる分には、どちらでも良いのだ。嫁を迎えるにしろ、婿を取るにしてもだ……。四十九日までに仕込んでおけば、世間は誰だって雄二の残した子供と思うがな。自然のことよ」

ユキは口答えようもなく、押し黙った。

しゅうとに言葉を返すというより、家長に逆らって自分の考えを言える時代でもなかった。心の中で自問自答するのが、精一杯であった。

「長太郎と、早く子供を作っておけば良かった。すべては、それで済むことだったのに……。長太郎もあたしも、ただただ山へで、明け暮れてしまった。それが佐藤の家に、一番のためになると思っていたんだもの。〝子宝はいつだって授かれる〟そう思っていたことが、今にして思えば悔やまれる」

下を向いたまま相変わらず口を開かないユキに、順一郎は窓台から腰を上げて、テーブルの前に正座した。

酒臭さがぷーんと漂って来た。

それまでそんな酒の臭いを嫌だと思ったことは一度もなかったのに、ユキは急に耐え難い嫌悪感に襲われた。

そんなユキにお構いなく、順一郎は女将のはなを呼んで、再び酒の用意を頼んだ。

「では、御用意して参ります」と立ち上ったはなに、ユキは「私の分も……」とひきつった口許で、上ずった声で追加した。

自棄《やけ》酒でも飲まずにはいられないと、心が騒ぎ、思わず口走ったのであろうか。

順一郎も不条理なことをユキに押しつけているとは、重々承知の上であった。「人生五十年」の時代、自分が齢《よわい》その声を聞いて間もなく、老いが忍び寄ったか斧の切先《きっさき》が少しずつ狂い始めたのである。

受け口と追い口に寸分狂いなく、打ち込んでいるはずの斧先が甘くずれ、大《おお》鋸《が》もしかりであったようだ。切り株に切れ味の鋭さが、なくなってしまった事を、それとなく息子達から指摘されるようになった。

腕の良し悪しは、切り株を見れば一目瞭然で、どこのたれ兵衛が切り倒したかは、その切り株が語ったのである。

体の頑強さはまだまだと思いしも、二人の息子や仕事師の手前、鋸や斧を置かざるを得なかったのだ。それが老いの始まりであり、世代交代のきっかけにもなった。

後を継いだ二人の息子は、実に頼もしく、順一郎の期待以上に腕を上げ成長していった。

そしてユキというこの上ない伴侶を得て、順風満帆の佐藤家であったのだ。

しかし二人の息子に訪れたよもやの死は、生がいかに脆《もろ》く、儚《はかな》く当てにならないものか。順一郎の人生の目論見《もくろみ》は、潮が引くように消え去った。

そして泡沫のような〝あせり〟だけが、残ったようだった。老いの延長上には、人生の終末が控えている。〝意識するな！〟と自分に言い聞かせても、これまで以上に老いが駆け足で追って来るような不安に掻き立てられた。それがひいては佐藤家の行く末に結びつき、順一郎の心の焦りを招いていたようである。

「先刻《さっき》も話したように、わしだけが直系の証《あかし》となる存在だ。生まれて来る子は、雄二の子として育てていけば……。な……。ユキ！　それで万事良いのだ。だから今日から喪が明けるまで、なんとかしようということなんだ」

ユキは言葉や理屈ではわかっても、気持ちがそれに付いていかなかった。

引退したとはいえ、長年仕事で鍛え上げられた筋肉は、浴衣の袖、裾から出た陽焼けした手足にもバランスよく付き、そのしゃがれ声に合って、男の逞しさを保っていた。そして仕事での目利きと度胸を据えた頑固さは、確かに頼りがいのある魅力でもあった。

特に時勢の流れで、木材が売れるからといって皆伐に走らず間伐に押さえ、次世代のためにと植林を怠りなくしたことは、尊敬に値していた。

それでも見知らぬ男と、ただ一夜の契《ちぎ》りというならまだしも、義父となると先のことを考え、踏ん切りはつけようがなかった。

義父は全く落着き払って、手酌で飲み始めた。口説き上手で遊び慣れた順一郎とはいえ、ユキは二人の息子の嫁といってもいい。しかも喪中であったことなど考えると、滑らかな口運びができず、理屈っぽいたとえ話を持ち出すしかなかった。

「なあユキ！　お前のお父も長年杣をやって来たから、ようわかっていると思う。瀧山よりもっと一級品の檜の産地木曽は、お伊勢様奉納で有名だ。あそこの檜は、親木から自然に実がはじけ落ちて発芽し、実に長い年月と苛酷な自然条件に耐え、そして凌いで育った、樹齢百五十年以上のものを、木曽檜《きそひ》と呼んでいるんだ。たとえ木曽で育っても、植林したものはそうは呼ばねえよ。ものが違うんだ本質的に……。養子、養女の縁組じゃあ足が地に着かねえ。たとえ時世が変わり、代替りしても、山の大地にしっかり足を踏ん張っていける筋を残しておくのが、わしの役目だ。なあユキ！　たとえが悪いが、そういうことよ。こっちへ来て一緒に飲もうや」

義父の呼び掛けを受けたとき、

「来るものが来たわ……。今更なにを思っても……。先のことは先のこと……」

ユキはそう自分にいい聞かせると、義父の傍に寄り酌を始めた。

芸者や酌婦がどんなにしなだれ寄っても、扱い慣れた順一郎であったが、大義名分はどうであれ、目の前の息子の嫁と、男と女の関係になる現実に、なにかしらの良心の呵責《かしゃく》があったのだろう。盃を湯呑みに替えて、獣《けだもの》に変身しようとしていた。

(三)　お目出たの兆し

山の夜明けと、鳥のさえずりと共に床をたたんで育ったユキにとって、お天道様が天高く昇ってから、気怠く起きるということは、生まれて初めての経験であった。

小動《こゆるぎ》、七里ヶ浜、稲村へと、どこへ行くのにも人力車、帰りも大山街道をひた走っての力車の旅、夢のように楽しくもあり甘美な旅。

しかしどこかに、なにか影を残した旅でもあった。

そんな二泊三日の遊山《ゆさん》の旅を終えて、姑うめが出迎える中井に戻った。

「片瀬の浜は浪が穏やかだったかの？　見渡す限り青い海原、江の島から西に眺める富士、気分はすっかり軽くなったかの？」

「……」順一郎の目論見に、うめがどんな気持ちで荷担したのか問う訳にもいかず、ただうんうんとうなずきながら笑みを添えて、さざえや蛤《はまぐり》の土産物を差し出した。

「佐藤家の跡取《あとと》り」を作るために、うめが夫とよく話し合った上でとはいえ、自分がどう頑張っても女を終えた以上、ユキに対抗できる武器はなにもないと、白旗を上げて夫の言葉に従ったのであろうか。しかし心の片隅に疼《うず》いて騒ぐ女の嫉妬を、決して消し去ることはできなかったであろうに。

ユキの部屋から三日おきに、遅くなって帰って来る夫を迎えるにつけ、「ご苦労様」などとは義理にも言えず、「夫を貸すのは、四十九日までだぞ」とどうしようもない苛立《いらだ》ちで、深い眠りに落ちることはできなかった。

一方ユキも、「四十九日まで、残すところあとわずか。このまま行ったら、私は自分を見失ってしまう。自分の立場がわからなくなってしまう……」と喪明けが来るのを、指折り数えていた。

喪が明けて間もなく、すべてを忘れ洗い流すかのように、終日大雨が降り続いた日があった。梅雨入りも近い兆しだ。

谷間にある水田の田植が済んだら、いよいよ下草刈の季節である。これから半年、山仕事と農作業、待ったなしの忙しさが始まる。

大地がたっぷりと潤う梅雨、雑草達は檜の幼木をあっという間に追い抜き、茂みの中に押し込め生長していく。

草刈りは、その逞しい生長力と蒸し暑さ、草いきれに咽《むせ》びながらの難作業である。

梅雨の中休みであろう晴天の続いたある日、使用人の菊造、彦二郎、善弥、それにユキの四人は、縦列になって大鎌を振りながら斜面を下って作業をしていた。

男衆に一歩も引けを取らないユキが、その日は次第に遅れた。隣の菊造は、茂みにしゃがみ込むユキを見て、「大方、用でも足しているのだろう。そのうち追いついて来るさ」とたかをくくって、気にも留めず作業を続けて行った。

しかし、草いきれに咽ぶにしても、用を足すにしても度々であることに不審を持ち、戻ってユキの様子を尋ねた。

「ユキさん！　どうかしたですか？　いつもと違うじゃあないですか。あんたが遅れるなんざ、滅多やたらにねえことです。体の具合でも悪いでやすか？」

「菊造さん！　ありがとう。心配ないわ。すぐ追いつくわ……」

そう返事をしている矢先に、込み上げて来る吐き気にたまらず、しゃがみ込み口をふさいだ。背中をさすってやろうと近づいた菊造に、

「大丈夫よ、菊造さん！　先に続けて下さいな」

必死に拒むユキの訴えに、菊造は狐につままれたようにその場を離れた。

ユキが目標地点に着いた頃には、三人は斜面を下って一服を終え、鎌を研ぎながら次の作業の準備に入っていた。

「ユキさん、具合悪かったら午後の仕事は休んで下され。わしらだけで十分に終わるから、家へ帰って休むがいいでさあ……」

「ありがとう。少し休めばすぐ治るから……。皆さん、いつも通りで構いませんよ」

ユキは相変わらず平静を装った。

しかし三人には、もう読めていた。「誰の子を宿したのだろう?」とヒソヒソ話に花を咲かせながら、おもむろに作業に入った。

午後のペースもユキは大幅な遅れを取ったが、最後までやり抜く気力は失っていなかった。彦二郎がその日の作業の報告を順一郎に済ませ、三人が一杯酌み交わしながら、明日の予定を談笑のうちに進めているときであった。

通り掛かった順一郎に、彦二郎が耳うちするように小声で話しかけた。

「旦那様、嫁様のユキさんには、きつい仕事はもう無理のようでございます。別の仕事がようございます」

「どういう意味だ、それは。ユキがなにか怪我でもしたのか？」

「いいえ、嫁様はお目出たの様子で、〃つわり〃がはげしいようで……」

「なに！　なんだって!!　それはほんとうのことか？　彦二郎!!　間違いないのだな」

順一郎は心の喜びを押し殺して、一段と低い声で呟いた。

「雄二の子供だ！　間違いなく雄二が残していった一粒種だ。よし!!　わかった。皆に伝えてくれ。しっかり気遣うようにとな……」最後の方は、はっきりといつもの太いしわがれ声に戻っていた。

これで村中には、雄二の子供という噂がごく自然に一人歩きして広まり、

「手間いらず」と順一郎は込み上げてくる二重の喜びを隠し切れず、廊下を歩きながら思わずほくそ笑んでいた。

「これで丈夫な働き者の男の子でも授かったら、佐藤家も万々歳じゃが……」

〝自分の子供でありながら自分の子供ではなく、孫のようでありながら孫ではない〟

矛盾などどこ吹く風のように、新しい命の誕生を指折り数え、予定月を勝手に決めていた。

ユキはかまどのご飯炊きを除けば、どうやら落着きを取り戻し、雄二の新盆を迎えた八月中頃には、つわりもほとんど治まっていた。秋からの山仕事には、再び精出して働こうと心の準備をする余裕すら持ち始めていた。

一方、順一郎とうめは、流産などさせられないと心は砕いていたが、人手不足の現実にどう対処すべきか、毎夕食後、茶を飲み交しながら、堂々巡りの愚痴にも近い議論を繰り返していた。

「いくら俺が現場に復帰したからといって、年寄りの力はしれている。それに山師と元締めの二足の草鞋《わらじ》の上に、現場はちときついからなあ」

「熟練の人手は、なかなか見つかりませんでしたわ。二人が亡くなった後、隣り村や、田島の方にも口は掛けていたんですがねえ……。新しい人手の手当は望めそうになさそうですから、丹沢の山仕事は見送って近場《ちかば》の里山に切り換えたらいかがですか。ユキのこともありますし……」

「そうよなあ……。檜や杉は見送って、近場の櫟《くぬぎ》や小楢《こなら》の切り倒しにしておくか。裏山もそんな時期に来ているのかな……」

「そうですねえ……。十六から十八年になりますか。ここ数年が切換え時期ですよ……」

「そりゃあ都合いいじゃないか。少し早めでも炭焼の原木確保のために、伐採は進めておかねばならないからな」

「そうですよ。人手も増やさず、皆も無理しているんですもの。少し近場回りで、緩《ゆる》い仕事で休ませた方がいいですよ」

「そうなればせいぜい落ち葉掻きが、ユキの仕事になるだろう。自ずと堆肥とかまどの炊き付け材に、余裕《ゆとり》ができることになる。一石二鳥だ！　よし、その方針で行こう」

そんな結論が出た頃、山間の水田の畦には彼岸花の群落が稲穂よりも少し背を高くして朱色を見せていた。

稲刈りが始まると、中井から大山街道を下った近くの集落沼代《ぬましろ》に嫁いだ義姉のさわときよが揃って手伝いにやって来た。

ユキは皆が流産を心配して、重労働をさせないように思い遣ってくれることは、ありがたいと感謝していた。がしかし、生来の働き者であったユキは、

「お腹の中でしっかり命を育めない者は、もっと厳しい娑婆《しゃば》では生きていけない。どんなことがあってもお腹の壁に捉まって、ずり落ちないようしっかり育って生まれておいで」とごく自然に逆らわない考えを持ち、自分から仕事を減らすことはしなかった。

順一郎やうめの心配をよそに、野良に出て収穫や運搬作業を続けた。

季節の巡る歯車《リズム》が狂ったのだろうか。

その年の寒さの訪れは、一足も二足も早く、秋は追われるように初冬にとって替えられた。十一月の十日過ぎには、もう初霜が降り、十二月の声を聞いて間もなく、里山にも小雪が舞い、丹沢の峰々は白い薄化粧を繰り返した。

皆で精を出して働いた佐藤家は、順調に外仕事のすべてを終え、如月《きさらぎ》が明けるまで冬籠りに入った。

(四) 継太郎の宿命

適齢期の櫟や小楢が伐採され、歯の抜けたように残された橅《ぶな》や松、馬酔木《あしび》。その樹々の間を丹沢下ろしが我が物顔に吹き荒れていた裏山の斜面。弥生三月半ばになると、柔かい南風が撫でるように吹き渡って行くようになった。

順一郎が予想したよりも、二週間ほど早くユキは産気づき、いとも簡単に出産を済ませた。夢にまで見た待望の男の子。祝客の久しぶりの賑わいに、家中沸き返った。

順一郎は兼ねてより用意しておいたとって置きの名、継太郎と命名した。

長太郎、雄二と不幸の続いた数年、人前では決して落ち込んでいる素振りを見せたことのない順一郎であったが、夕食後〝疲れた〟といっては奥座敷に籠り、壁に掲げられた先祖代々の額と真新しい長太郎と雄二の額に向かい合い、まじまじと見つめ、うめの呼び掛けにも振り向きもせず、嘆息混じりに「空しい、どうしてだ？」と立ち尽くしていることがしばしばあった。

ところが、ユキが子供を宿したことを知った頃から、再び元の順一郎に戻り、現場での掛け声は大きく響き、体の動きも軽快になって、江の島へ遊びに出掛けることを止めたにもかかわらずなにやら若返りを感じさせる雰囲気を醸《かも》し出していた。

男子誕生を迎えるや否や、〝継太郎〟と名付けたのも、それなりの思い入れと期するものがあったのだろう。

好都合にも、原木を運び出す日雇いの運材夫二人が隣り村の大井から、きこりの造材夫一人が曽我から来てくれることになり、ユキは育児に専念するよう、うめと順一郎からきつく頼まれた。

森の一年は、仕事の苛酷さはさりながら、そこに棲《す》み、繁茂し、生命を営んでいる動植物の有様を垣間見るだけで感動し、弱肉強食の自然の掟と非情さに魂を、心を揺さぶられて、あれよあれよの間に過ぎ去って行く。

山仕事や森を離れたユキは、初めてわが子の育児に携わり、檜の苗木のように、目の離せない成長に追われるままの一年を送った。

伝い歩きができるようになって、家中が喜びはしゃぐ空気に包まれたのも束の間、順一郎も継太郎の右足の運び方が、どこかぎこちないことに気づき、半信半疑の中で少なからぬ衝撃を受けた。

〝右側には決して進まず、左側ばかりに進む〟

〝軸足を左から右へ移そうと重心が移る矢先に、踏ん張り切れずに、もろくもくずれ倒れる〟

〝本能的に右足を庇《かば》い、引きずるように進む〟

気にすれば尚一層不安は増幅する。

ユキは右足全体が、特にもものあたりが左足に較べて、はち切れんばかりのふっくら感に欠け、やや細いという感触は、生後六か月の頃から抱いていた。

しかし初めての育児であり、異常に思う知識はなかったし、自然の発育にまかせれば左右同一になると楽観していた。

やがて摑り立ちを卒業し、ヨチヨチ歩きを始めるようになった。それでも依然として右足の発育は不十分なのであろう、足を引きずるというか左右が揃わない不自然な歩き方が目につくようになった。しかし、子供は子供なりにそれが当り前と思い、くったくなく日々を重ねていった。

ただ周囲の者が、あれこれと余計な心配を積み、思い悩むだけであった。

もちろん、「治るものなら、早く治して上げたい」というのが親心。評判の立つ接骨師、鍼灸師、指圧師の名を聞いては小田原、国府津、藤沢、横浜とできる限りの治療院を尋ね歩いた。そして箱根湯元温泉には、マッサージと温浴療法のために二年ほど通い続けたが、いずれの治療も、思わしい効果は得られなかった。

継太郎が七五三を迎える年、最後の望みを託して材木問屋のつてを頼って、東京帝大に、さる高名な先生を尋ねた。

二日がかりの上京にもかかわらず、診察は三十分足らずで終わった。待合室で待機していた順一郎を呼び、付き添っていたユキの二人を前にして、先生は切り出した。

「おじいちゃんには、初孫なんですな?」

「ええ、内孫なんですよ……」

「そりゃあ、目に入れても痛くないほどですな……。で、お父さんは忙しくて、今日は来られなかったのですな?」

順一郎は予期せぬ質問にギクリとして、心穏やかでないところもあったが、落ち着いて答えを返した。

「この子の父は五年前に、怪我がもとで亡くなりまして、私が男親代りをしてやってますんで……。はい……」

「そうですか。持病はなかったのですね」

「ええ、持病なんぞなく、いたって強健でしたんですが……」

「お母さんは既往症もなく、このとおりしごく健康そのものなんですな。両親共に若く健康だったようなので、稀なこととしてしか考えられないのですが、母親の体内で、この子が命となり生を受けてから卵割《らんかつ》（細胞分裂）を繰り返す段階でなにかしらの原因があったんでしょうな。染色体のある箇所に、つまり、その中の遺伝子のある部位になんらかの影響を受けて、遺伝子あるいは遺伝情報に欠落を持ったまま、誕生したのだと思いますな。

つまり先天的なもので、出産時、あるいは出産後、後天的にこうなったものではないのです。従って、希望の持てる有効な治療法や薬はないのが現状です。しかし、痛みを伴うものではないし、日常生活には問題はない。

ただ成長するにつれて、左足は発達し、右足は発育が劣っていくので、成人に達する頃かなりの差が生じますな。従って、骨が化骨して大人になる十五歳頃、〝調整埋込〟の手術をした方が良いでしょう。本人が気にするようになったら、説明をして上げて、それまでは普通に育てていけば良いことですな」

縁無しメガネを掛け、口髭をはやした先生は、肘掛椅子を回転させ、カルテに何やら記入しながら診察結果を説明した。

「先生、なんですか。生まれつきと申しますと、〝親の因果が子に報い〟ということですか?」

「いや、家系的に受け継いでいる遺伝的なものとは思われませんな。足部の軽い麻痺（大腿四頭筋の発育不良）、偶然の結果ですよ。もし、今治せるものなら、私は外科医ですぞ。少々荒療治してもやってしまいますな……」

「ありがとうございやした」

診察室を出た順一郎は、口数の少ないこわもて大御所だと聞いていた先生が、思いのほか、優しく対応説明してくれたことに、抱いていた望みは断たれたけれども、納得のいく満足感に溢れていた。

㈤　衰えと不安

あれから四年の歳月が流れた。

月日は誰にも平等に巡り、歳を重ねるよう訪れる。山や森の自然は、人の齢のように、たかが数年ではその表情に変化はない。

しかし、そこに集う人間には、年を寄せた者にはますます年長《た》けたように、若さ溢るる者には一層の瑞々しさが加わって、両者の対比は際立つように目立っていく。

九歳になった継太郎は、村の分教場に通学していた。右膝を内側に折り、引きずる気配は少しずつ増していたが、周囲の者が気にするだけで、本人は一向に不自由を訴えなかった。

分教場から帰るや、番犬のくまやゲン、山羊のてつ、はな、ひげ達と共に広葉樹の櫟や櫟、楢の林を飛び回って飽くことなく遊び、時には山一つ越えた炭焼番屋にいる礼次郎のもとに、ユキからの連絡を伝えることができるほどに成長していた。

一方還暦を過ぎた順一郎には、容赦なく老いは迫って来た。汗をかき、それが冷えると、「腰が重くて痛くなる。昔は木のてっぺんを見上げ続けても、なんとも平気だったのに、今じゃあしばらく上を向いただけでも、肩が突っ張り首がよう回らんようになった」など、老人特有のせりふを口の端に乗せるようになった。

最近では、玄関土間の上り台から腰を上げようとするとき、ことさら「どっこいしょ」を強調するようにして一歩を踏み出す。

自分が気付かないそんな動作を、

「しっかりせいや！　他人様《ひと》の前では、そんな格好見せるでないよ!!」

とうめに叱咤され、それを背に受けて仕事に赴くことが多くなっていた。また、現場への道の辺で、それも通い慣れた森の中の径《みち》、下りの坂道で、ふとした拍子にふくらはぎが痙《つ》って、痛さに堪えられず立ち止まる。

時には、膝が笑うとでもいうのだろうか。小さな衝撃を受けて、力が入らなくなってしまう。こうしてひたひたと忍び寄る老化の攻めの素早さに喘《あえ》ぎ、身の防ぎようもなく、先行きの健康不安が、人生を振り返らせる良い機会にもなった。

明治六年、「地租改正」により山林原野の所有権が「官民有区分」されたとき、従来の入会地が官有地に編入されて、佐藤家も「炭焼用の原木」確保に、自ずと制限を受けるようになった。

しかし一方で、一般住宅にも檜の使用が許されるようになって、その需要が急速に増え、新しい収入源の拡大は、林業家を活気づかせたのである。

順一郎も先代達と共に、伐採、山曳き、製材に明け暮れた。鬱蒼《うっそう》とした針葉樹林の息づかい、透過してくる僅かな木洩《こも》れ日、木立を吹き抜ける風の音、山野草の囁きなどに心をとどめることなど終《つい》ぞなく、現場から現場への道を歩き飛ばして、若き働き盛りを過ごして来た。しかしここに来て、道すがら否が応でも立ち止まり休憩をする。しかも、せかせかと歩いている訳でもなく、ゆっくりと歩かざるを得ない上での体の要求であった。

通行を阻むように山路のあちこちにせり出した岩角は、今ではほど良い休憩の場になり、ふと自分を振り返る格好の場となった。

「俺はおやじ達より十年も長生きしている。その分何かやり通したり、成し遂げたものがあったかと、つらつら考えるに、何もない。俺の人生で、一体何をして来たかと振り返ると、これといって誇れるものがない。自分はおやじや、仲間と共に何の疑問も持たずに、ひなびた寒村といわれたこの村で、山の仕事を続けて来ただけだ。村ではそれなりの顔を持ち、暮らしが成り立ち、豊かになる喜びはあった。でも山や村を大きく造り変えた訳でもない。ただ自然や先人達が育んだ原木を切り倒し、運び出し続けただけのような気がする。大鋸や斧の切り口が、すばらしく良いの悪いの……。木馬《きんま》（山曳きの道具）の操作が名人芸だの、職人芸だの……。山仕事の段取りや作業が素早いの、遅いの……。それらは皆命がけでやって来たものばかり……。だが、それは一体なんだったんだろう？ 道一つにしても、こうして家路への道、現場への道々は、先人達が通い続け踏み続けてできた、皆が造った道だ。自分が工夫して開拓した道など一本もないではないか。どうして立ち止まって周りを見回し、歩んだ道を振り返る余裕がなかったのだろう。今になって、ふと後ろを振り返るようになったのは、老いがひたひたと近づいて、振り切り逃げおおせない現実を体が知ったからであろうか」

樹間から夕日に映えるヤビツ峠、岳の台、その背後に連なる二ノ塔、三ノ塔を見上げながら順一郎は感慨にふけっていた。

「こうして改めて表丹沢の峰々を無心に眺めていると、この山という斜面から成る大地に自分達の数倍いや数十倍という寿命を持ち、枯れゆくまで生長を続け、決して弛《ゆる》めることなく頑強に根を張り続けている樹々達の辛抱強さや、生命力の強大さには、戦《おのの》きが募るばかりだ。人の一生なんて彼等から見れば、ほんとうに他愛ないものだ。命の先が見えて来た俺がどう踏ん張っても、継太郎が一人前になるまで、神様は生かしておいてはくれまい。おまけに、木の命を預かるといっては俺達の都合で切り倒して来た以上、木の精霊達に罰を与えられてもしょうがねえところだ。所詮、足掻《あが》いたところで天意には逆らえねえ……」

夕日が山の端に隠れると、ゆっくりと立ち上って、家路へと急いだ。家に着き、出迎える継太郎の顔を見るなり、つい先ほどまでの殊勝な気持ちはどこへやら、「オレはなんとしても長生きしたい」という生への執着心が、むらむらと沸き起って来るのを抑えようがなかった。

数日を経たある日、職人達は皆帰り、土間の片隅で番頭の彦二郎だけが、独酌をしながら順一郎の帰りを待っていた。

普段は作業報告を済ませるまで、酒を口にしない彦二郎であったが、順一郎の帰りが少々遅かったせいもあって、勧められるままに杯を傾けかなり出来上がっていた。

「おい。彦二郎! こっちへ上がれよ。久し振りに飯でも食っていかんか?」

「はい。ありがとうございます。旦那様より先に頂いておりますで……」

「まあ、いいじゃあないか。土場《どば》(原木の一時集積所)を見て来たから、大まかのことは承知しているよ」

「そうですか、そりゃようございました」

彦二郎は履物を脱ぐと、ふらつきを見せないように、ゆっくりとした足取りで居間に上り、大きな茶ぶ台を前に家族の仲間入りをして座った。

「彦二郎、お前も体は達者《たっしゃ》だなあ……。俺と丁度一回り違うのか？　あと十年は楽々働けるものなあ……。羨ましいよ」

「いいえ、旦那様もほんに芯が丈夫で……。結構なことですよ。うめ様もユキ様も病気知らずで、よう働きますわなあ……」

「おいおい、酔ったついでのお世辞は、歯が浮くな。遠慮するぞ。まあ怪我もなく、病気もせずということは、確かに恵まれておるわな。ところで彦二郎！　継太郎はどうかな？　ものになりそうかな？」

彦二郎は盃を置き、しばし腕組みをしたまま答えを返さなかった。

「あんた、そんな話まだ無理ですよ。長太郎も雄二も、十六の歳《とし》から山仕事に入って、一人前になるのに十年はかかったでしょうが」

うめが代わりに答えを継いだ。

「いやなに……。継太郎は足が不自由だと思うから、斜面に立って作業ができるかどうか、先走って心配してしまうんじゃ……」

「そりゃあ、あんたの思い過しですよ。本人は生まれたときから、そういう育ち方をしていますもの。ねえ、ユキさん、それなりにやって行きますよ、ねえ……」

「はい、お母さんのおっしゃるとおりだと思います」

ユキは戸惑うことなく言葉を繋げた。

彦二郎はユキの勧める盃を、ぐっと飲み干すと順一郎の方にやや体を向けて、口を開いた。

「旦那様、あと十年いたしますと、私らが木を切り始めてから三十年になります。先々代、先代の育てられた五十から八十年ものの檜は、ほぼ終わりに近づいて参ります。

旦那様が植林したものが、丁度三十年ものになりますが、丸太製品でも出荷しない限り、しばらくはあいがあり、枝打ち、間引き、下草刈りだけで遊びができます。ですから薪や炭木の原木、楢や櫟の伐採、キノコの栽培がつなぎの仕事になっていくかと思います。先々のことは、頭に入っておりますが、実際にはそのとき山に入り、森を見回って木と相談してみないことにはなんともいえません。

檜や杉の針葉樹と、楢や櫟の広葉樹では育ち方も育て方も違います。それに山仕事は、切り倒す仕事よりも、育て守っていくための下働きの方が多うございます。そのときに応じて、ユキ様が担い手となって判断されるでしょう。今は山いちご、山ぶどうを求めて、口の周りが真っ赤になり、舌が紫色になるほど頬張っていて、ごく当り前でしょう。どのように育っていっても、森に親しみ樹々に触れて、山を好きになっていくことには変わりゃないと思いますで。旦那様！」

「彦二郎、酔いが回っている割には、もっともなこと言うではないか。先がないので、俺が心配しすぎているせいもあったかもしれんが、あと五年は頑張って、継太郎の足の手術だけは見届けたいもんだ」

そういうと安心しきってしまったか、ゴロリと横になると鼾《いびき》をかいて寝入ってしまった。

㈥　上京

長太郎や雄二には、思うままの修行期間を持たせられた。しかし継太郎に対しては、順一郎自ら仕込む時間は残されていない。

彼を息子と思えば体付きから見るその成長は、ままならず、歯がゆいほど遅い。

孫と思えば、年々可愛さは募り、頭の回転と口達者が妙に気に入り、成長の早さに、年が過ぐるのを忘れる。

矛盾した思いを重ねたまま、五年の歳月が流れた。

帝大のK先生が診立てたように、次第に足を引きずる様が強くなり、足の不具合を母親のユキに度々訴えるようになった。

夏休みを待たずに、順一郎は大学病院へ手術の手筈を整えに上京した。しかし頼りのK先生は既に退官して、面会することができなかった。しかし奔走すること二日間、なんとか入院の段取りを首尾よく済ませることができた。

今日とは比較想像し難いほど、整形や形成外科の領域が整備されていない時代。手術すること、それ自体が大層なことであった。治る治らないは、なりゆきだが、大学病院で手術を受ける、そういう意味での期待は大きかった。そして順一郎には、継太郎への唯一の置土産になるであろうという思いが、心の隅にあり、この際悔いの残らない医療だけは施しておきたいという使命感に似た感情があった。

出発の朝、国府津に至る街道入口に向かう見送りの道すがら、継太郎は母ユキと一緒とはいえ、東京で〝手術〟という二文字を背負っての初めての旅立ちに、子供なりに不安と緊張を隠せなかったのであろう。口を真一文字に結んだ継太郎の肩に手をやり、順一郎は励ましの活を入れた。

「手術は命に関わるような大事《おおごと》ではない。感染症でもなければ、怪我や事故での骨折や、筋肉が断ち切られてしまったというような性格のものでもない。あくまでも矯正のための手術だ。先生に任せるだけだ。心配することはない。東京見物のつもりで行ってこい」

継太郎は難しい言葉に、半分チンプンカンプンであったが、ただ黙ってうなずくと足早に母を追い掛けた。

二人は一か月の予定で上京して行った。

継太郎は出発に先立って、ファミリーである愛犬や飼い猫、散歩仲間の山羊、インコのそれぞれに「しばらく留守にする」とでも伝えていったのであろうか。ファミリー全員が継太郎の見送りを済ませた朝から、不思議なことに、吠えることも鳴くことも忘れたかのように、突然だまり込んで、おとなしくなってしまったのである。

栗毛の柴犬くまやゲン。彼らはかつて、霜の降りる直前の十一月中頃、村はずれのお地蔵さんの前に、木箱に入れられて捨てられていた。隣り村の誰が置き去りにしたのかわからなかった。ただ乳を欲しがり、どんなに泣こうとも誰も手を差し伸べる人もなく、泣きわめき、力尽きる直前のことだった。

分教場の帰り道、継太郎は二匹をカバンにつめ、てつやはなの乳を与えて、子供同士励まし合って、育てて来た。

黒ぶちのチョビや黒トラのトラ丸は、野良猫の母親に子別れのときを告げられた。ひもじい放浪の果て、薪木集めの山中で拾われ、それ以来、腹を空かすことなく、自由奔放に飼われてきたインコのピー太郎に至っては、カラスに追われ、命からがら納屋に逃げ込み、心臓が破裂しそうなほどに荒い息づかいをして動けないところを救われ、今では、しろという嫁さんまで世話してもらって幸福な日々を送っていた。

賑わいのユキ、若さの継太郎が居なくなった上、ペット達まで静かになって、順一郎もうめも、なんともいえない寂しさに包まれた。

(七) お坊様との出会い

それから数日後、現場からいつもより早上がりで職人達を帰した順一郎は、土場の丸太の上に腰かけて木立の枝の揺れる様を、じいっと見入っていた。

まだ陽は高く、蒸し暑かった。

「風が死んだか?」と呟きながら、場所を移動しようともせず、休むでもない。考え事をするでもなく、ただ漫然と座っていた。

やがて、山の中では山火事につながるといって、決して口にしたことのないキセルと刻《きざ》み(タバコ)を取り出し、ゆっくりと吸い始めた。

時の過ぐるのを忘れたように、タバコを吸い続けた順一郎がふと我に返らんばかりに、気合いの入った声を肩越しに掛けられたのである。

「何をお考えか？」

と同時に、肩をポンポンと軽く叩かれたとき、思わずキセルを手放し煙にむせた。

「やや、申し訳ない。突然声を掛けて……」

「いや、なんです……。お坊様にも驚きましたが、自分の山に他人様《よそさま》が入り込んで来るなんて夢にも思っていませんでしたので……。人の気配を感じる心の準備もできていませんでしたのでな……」

「道に迷うた訳ではないが、たまたま大山《おおやま》寺の帰り、林道沿いに近道をして、矢倉沢往還の街道に出ようと下って来たのじゃが、尾根を少し下った辺りで、新しい道に出会ったもんで……。つい興味の引かれるままにこちらの道に来てしまったのじゃ……」

「いえ、別にこの道で良うございますよ。この道は自家林道で、最近開拓したばかり。このまま下がれば街道にも出られます。で、どちらへ？」

「今日は大雄山最上寺の宿坊へ入る予定なんじゃが……」

修行僧とは思えない。所用にある旅の僧か？　年の頃は自分とほぼ同年代の落ち着いた老僧であった。

「ここからおよそ二里半、お坊様の足で、日暮れ前には十分着きます。ところで、お坊様はお何歳《いくつ》になられます？」

「わしか？　今年で六十八歳を数えておる」

「そりゃまた……。それにつけてもお若いですなあ……。私より二つ上なのに……」

「それはそなたも同じこと。私から見れば、年相応より若く見えますな。常に山にあって、大地を踏みしめ、森林の草木と息づかいを共にしているからでしょう。自然の恵みに、芯から浴しているんですな。ありがたいことです」

「確かに、そのような気持ちは持ち合わせておりますし、感謝もしておりま す。しかし見掛けは若くても、実のところ体はガタが来て、心身共にもうボロボロなんですよ。つい十数年前まで、親から貰った屈強な体を誇りにし、苛酷な山仕事を物ともせず、働き通して来ました。

少しは人並みの遊びもしましたが、とにかく医者知らずで参りました。しかし両親が帰幽《きゆう》した年齢を超えてから、受け継いだ血筋は争えないことを知りました。老化が進むと共に、脳卒中で倒れた両親と似た症状を自分の中に見出し、漢方で養生しておりますが、血の巡りのことでございますので、いつお迎えが来ようとも覚悟はしているんです。

そういう気持ちの整理はしておきながらも、まだ一人前に至らぬ後継ぎの顔を見ますと、願い叶うことができるなら少しでも長生きしたい。そして奴を一人前にしてこの世を去りたい、いや長生きするぞと思ってしまうのは、私の身勝手、あさましき欲でしょうかね、お坊様？」

「いや、そなたの考えていることは、大したことではないが、もっともなこと。

悟りなどは私にとっても入滅の時まで、わかりません。欲望、苦悩は限りなく、そこから人生模様が生まれます。

私達は、それを断ち滅するがために修行を重ねているのですからな。悟りを開くよりも、絶えず修行を続けることが私達に課せられた道なのです。貴方達が切り拓いた林道、未だ至る所に切り株が残り、倒された間伐丸太が行く手を防ぎ、雨水の鉄砲水が作る大きな溝が、道を寸断しているところもありました。

しかし拙僧にとっては、山をよく知った人が拓いた道だという心が伝わり、親しみを覚えましたよ。

ですが、山を見回り守る人、木を切り倒し運び出す人々にとって、この道が欠かすことのできない道となるには、絶えず踏み固められて行かねばなりませんな。尊いことは道の存在であって、道の出来栄えではないのです。我が先人に、「道同じうして、轍《わだち》同じからず」という尊く意味深長な言葉があります。たとえそなたが、御仏《みほとけ》の特別のお計らいにより希望通りの長命《ながいき》を得、後継者が同じ道を歩んだにしても、そなたが思い描く軌跡とは一致しませんぞ。後継者にとって、この山、この森、この道、もうそれだけで十分なのです。歩き難い道、でこぼこ道でよいのです。〝年々歳々花相似たり〟ではないですか。諸行無常の人の世、一寸先のことはわかりませぬ。願いであれ、思いであれ、尽きせぬ心配は体に毒ですぞ！」

「いえ、御坊様。私は家長として、一族の繁栄家系を守って行くための願い、ただそれだけなんですよ」

「うーんむ。責任の重みと願望の入り混じった気持ちは十分にわかります。しかしなんですな、何十年もこの素晴らしい大樹を育てるために森に入り、自然と共に歩みながら、自分自身を見失うほどになってしまうということは、なにか事情があるというか、どこかに無理があるんでしょうな。しかし事情を聞き、ゆっくり説法していく訳には参りませぬ。

拙僧が今言えることは、そなたが心してこの大地を踏みしめて歩き、森羅万象に目を凝らし、耳を澄まして心で触れてみることです。

心身共に達者であれば、なにかが見え、なにかが聞こえます。そうすれば願望の裏返しである老いに追われる焦りや、無理が通らない現実に対する悔やみも霧散し、そなたも、後継ぎの方も人生が楽になります。とにかく心身共に達者であることです」

こう述べると老僧は、立ち上がって編笠を被り、金剛杖《こんごうづえ》を手にすると「ほどよい休憩を取らせて頂いた。こんな見事な自然の道場があって、そなたは幸せです。くれぐれも達者でな」

そう挨拶を済ませると、何事もなかったように街道に向かって下って行った。その足取りは確かに力強く大地を踏みしめ、体の運びは風に任せるように、しなやかで軽かった。

順一郎は、「お坊様も達者で、道中気をつけて下され」と言いそびれて、ただ後ろ姿を追うばかりであった。

(八)　継太郎の志

退院を心待ちにして、まるで幼子のように指折り数えていた継太郎のところに、前日になって、

「一週間ほど、退院が延びることになりました」

ごく事務的に看護主任が伝えに来た。

「どうして？　母さんは知っているの？」

「お母さんは、今先生とお話し中です。すぐに戻って来ます」

継太郎にとっては、わずか一か月が、数か月に及んでいるような単調で窮屈な入院生活。

愛犬のくまやゲン、山羊のてつ、はな、ひげ達が待つ中井に帰れるという嬉

しさを、押さえきれなかった昨日までの心のはしゃぎは、突然風船が割れるように、一瞬のうちに吹き飛んでしまった。

手術は成功し、術後の処置も順調で、退院までには添え木も取れるという先生の言葉を信じていた継太郎には、二重のショックであった。

口惜《くや》しさを夏掛けにうずめて、潜り込んでしまった。戻って来たユキは、そんな継太郎を数度軽く叩いた。うずくまったまま、顔を出そうとしないのを見てとったユキは、足元から覆いを剝いだ。

「一週間ぐらいなによ！　男のくせに……。ここまで来たんだから、我慢しなさいな！　治すものは、ちゃんと先生の言うとおりにしておかないと……」

「わかっているよ!!　でも、くやしいぜ。回診の時、いつだって『順調ですよ。予定どおり帰れますよ』が口癖だったじゃあないか……」

「いいじゃあないの。渋谷の方から中原、武蔵小杉、登戸を経て下るにしても、品川、戸塚を経て東海道を巡るにしても……。中井は猪のいる丹沢の山の中、道中が長いと先生もちょっと心配だったのよ。きっと安全をみたのよ……。おじいちゃんには、十日間ほど延びましたって、電報打って置いたから……」

「なんで十日になるんだよ!! 一週間だろう?」

「継太郎、母さんにも骨休みっていうものがあるの。せっかく東京に来たんだもの、せめて上野・浅草見物を済ませて帰りたいのよ。付き合いなさいよ」

「母さん! 俺、東京は好きになれないよ。騒々しいんだか、病む人が多いんだか訳がわからねえ。空回りした賑やかさが、独り歩きしている感じ。上野、浅草も同じだと思うよ」

「屁理屈は言わないで……。とにかく一週間我慢して、それからよ……」

「そんなら、俺の相談にも乗ってくれよ」

「相談？　なによ急に、相談だなんて……。中井に帰ってからゆっくり落ち着いてからでも、いいんじゃあないの。どうせあんたの相談事だもの。大したことじゃあないでしょう」

　ユキは頭から無視した言い方をした。

「そんなことないぜ！」と、継太郎は一瞬むきになって、ベッドから体を起こした。

「俺が前々から思っていたことで、中井を離れてから、真剣に考えてみたことなんだ」

「へえ……。あんたに初めて相談してみたいといわれたり、そんなに考えていたことがあるなんて、母さんは気が付かなかった。それじゃあ、母さんも真面目にならなければね……」

　人がそうであるように、継太郎も彼なりに独り、その床にあって、自分という存在と自分の生きる方向や生きる道を見つめ直したりしたようだった。

ユキは若い我が子が、そういう部分で自分が思っていた以上に、大人に成長していたことを驚きもし、嬉しさが体中を巡って熱くなるのを感じた。

「母さん、実はね、俺は将来、林業よりも農業をやってみたいと考えていたんだ」

「農業？　何で農業なの？　中井の山ん中で、農業をやって皆が暮らしを立てていくことなんか、できなかろうが……。足が治り切らんと、そう考えたのかい？」

「いや、農業といったって、米作りだけが農業じゃあないよ。入院中、退屈にまかせていろんな本を広げてみていたら、俺の知らねえ地方や田舎で、リンゴ、ミカン、モモ、ブドウなど季節の旬として東京に出荷している実例が載っていた。中井の土と気候に、どんな果物が適しているかわからねえけど、どうせやるなら花や実、香りのある方が楽しそうだ」

「何よ、夢みたいなことといって！」と言い始めようとして、慌てて喉元で押さえた言葉を呑み込むと、ユキは黙った。

〝林業を継いで山を守り、家を守っていかねばならない〟という、ともすれば重荷にもなり兼ねない順一郎の継太郎への期待。

「家を継ぐということは、技術や伝統を受け継ぎながら、そこに働く者皆の暮らしが成り立つようにしていくこと」

それしか頭になかったユキにとって、自分の意思や夢や希望で、別の業《なりわい》を起してみようなどとは夢想だにしていなかった。やはり東京には、そういった人の心を動かす話題には事欠かなかったのだろうか。

「母さん、おじいちゃんが始終言っているじゃあないか。いい檜は、苗木のときから、いや種から違うんだって……。だから種姓《すじょう》のいい物を、より強くより素晴らしい木に育てるために、安配の悪い木や欠陥《くせ》のある木は、間引いて行くんだと……。俺も兄弟が多ければ、差詰め間伐丸太だったんじゃあないの」

「何を言い出すの！　母さんはあんたをそういうつもりで産んだのではないのよ。あんたの言い分は、優良材を育てるために他の物を犠牲にするみたいな言い方じゃない。

間引かずに、自然のまま、自由奔放に育てても良いのよ。それでもちゃんと育ってはいくの。だけど、密集して擦れ合った枝は、自然に落ちるけど、その枝ぶりはなんとなく、気味悪いほどに卑屈さが残るのよ。そして落ちた枝葉は、ちゃんと片付けてあげないと、下草が育ってこないの。間引いて手入れするから、光が入り下草が繁茂して、森や山は美しいのよ。昔から森や山を守って行くために、順々と工夫して得られた知恵なのよ。あんたが、命となる前から、私のお腹から産まれて来る子は、後継ぎに決められていたの。

あんたの源は素姓の良い種〝さぞかし丈夫な子供が〟と誰しも思っていたの。とりわけおじいちゃんは期待していたの。

だけど、お腹の中で何があったか、母さんにはわからない。人が知ろうにも知ることのできない、神秘のベールに閉ざされた世界があるのよ。命の終わりだって決してわからないもの。ただ、生まれて後々まで、あんたに負担を掛けるような体に産んでしまったことは、あんたにとっても、母さんにとっても悲しいこと。でも、心に傷を付けて産んだつもりはないし、育てた覚えもないのよ。

今度の手術で、一時的には良くなっても、右足全体が左足と同じように、太く、長く、逞しくはならないと、あんた自身、なんとなく悟ったのでしょう。母さんも主治医の先生から、そう説明を受けていたの。

発育不充分なものの大腿骨や、膝下の脛骨、腓骨、それをとり囲んでいる腱や筋肉が、手術後、急速に大きく成長したりすることはあり得ないって……。だからといって、自棄《やけ》を起こし弱気になって、山仕事は辞めたいと思ったの？」

継太郎は、ただ黙って窓の外を眺めていた。母の感情の昂ったような語り口に圧倒され、静かに聞き入るしかなかった。

「継太郎！ ここは、母さんの言うことをよく聞いて……。あんたがこれから何をするにしても、七年や十年の修業は必要なの。人生は決して勘定どおりには、いかないわ。あんたの夢に、水を差すような言い方だけど、人生はどちらかと言えば、思いも寄らぬことの連続なのよ。人生の巡り合わせの中で、神様は人それぞれに計り知れないほどの幸せや恵みを与えてくれていると思うの。でも同じように、試練も与えているのね。その試練に耐えるには、まず基本のことで修業を積んでいかないと、立ち行かなくなるの。

母さんだって、生きていること、生きていくことに嫌気がさして、精神的にどうにもならない蟻地獄の世界に陥ったことがあったのよ。そんなとき、それを救ってくれたのは、檜や杉の山であり、森なのよ。もちろん、裏山の櫟や楢の林も含めてよ……。最初は長い年月《としつき》、自然との厳しい戦いに、ただひたすら黙して語らず逞しく空を突いて育っていた大木ばかりに、心の癒しを求めたの。でもね、よく見ているとその下草に混じって髪のように細い茎に、ちゃんと花と葉を付けて風のなすままに囁き合い、ゆれ動いて咲く花々の息遣いが聞こえて来るのに、気が付いたの。

だって凍りついた雪や霜化粧で地表面は固くなっているところに、山おろしが飽きず吹き続けるでしょ。冬の間休眠するか死に絶えるかの極限の中でじっと耐え続ける。

春が来ると、落葉や枯草を持ち上げ突き破るように芽を出し、ただひたすらに生長を続ける名も知らぬ山野草達なの。

人の目に見えない所で、大地から密かに力を貰っていたのね。森や林の生きとし生ける物(ちょっと大げさね)、皆が決してへたり込むことなく、そうやって生きていく姿をしっかり見ていると、どんなことがあろうとも大地に足を踏み留めることが絶対に必要だということをつくづく思い知らされるの。

あんたの足が悪い分、神様はきっと別のもので、償ってくれていると思うわ。あんたが胸に温めていることは、あんたが家長になった時に、実現してちょうだい。その時は母さんもできる限り手助けするから……。

おじいちゃんが精一杯頑張っている間、おじいちゃんの持っているすべてのものを、会得して盗み取ってよ。それが将来、どんな生き方をしようとも、生きていく原動力となるし、栄養源になるんだから……」

「わかっているよ、母さん。俺は〝林業を継ぎたくねえよ〟といってるんじゃあないよ。

林業は自然と歳月が相手だといっても、出荷するまでが人の一生とどっこいで、とても長いじゃん。代々順繰りにして、伐採するのは当り前のこととして慣れっこになっているけれども、なんていうのかな……。手間を掛けるにしても、育てるのは山の大地だろう。育ち上がった木の切り倒しと山からの出荷には、じいちゃんは秘伝があるというけど、まかり間違えると命を落としかねない危険がいっぱいじゃん。それが恐くてというのじゃあないよ。

その辺のことが、なんとなく割に合わないというのか、納得いかない部分があるのさ。ひいじいちゃんが始めたシイタケ栽培もいいけど、もっと短期間で、できれば一年ものの果実を考えていたのさ……」

「ふーん。そうなの……」

ユキは我が子の成長は、檜の若木以上に速く、既に自分を追い越して数歩先を進んでいるようなショックを受けた。自分は継太郎と同い年の頃、そんな考えを微塵も持ち合わせていなかった。

若い男衆に、〝持久力の塊〟と煽《おだ》てられて、嫁ぐ直前までただの一度も音を上げることなく、自然の成行きのままに、お父の仕事を手伝ってきた。誉めそやされて有頂天になったこともあった。それは親から授かった健康で、丈夫なぶっとい両足のお蔭だということには気が付かなかった。それに引きかえ、足に不自由を持った継太郎は、いつ頃から将来のことを考えていたのだろう。ユキは瀧山の乙女時代を振り返り、駆け巡る走馬灯を、ふと我を忘れて追い掛けていた。

「母さん、なにぼーっとしているんだよ。もう話はいいよ。まだ相談はできねえな。他人の話を聞くよりも、自分の言い分をとうとうと喋って、それを押し通すつもりだもの。よく言えば説得。でも俺には運命《さだめ》の押し売りみたいに映る」

「そうかしら？　でもあんたがそれだけ大人になってたことを、こんな機会に知ったのは、とても良かったわ。なんと言われても、きっと、母さんの言うことが正しかったとわかるときが今に来るから……。とにかくもう少し頑張って……。帰りに上野、浅草へ寄ってね。継太郎……」

「いつもこの調子だもんな……。好きにしたら……」

そう呟くと思い出したように、

「夕御飯《ゆうめし》まだかな？　俺、腹へってきたよ。まだ時間まで、間があるのかなあ？」

「そうねえ……。まだちょっとありそうね。母さんが、売店で見つくろって来るわ……」

ユキは自分の言い分を吐き切り、ついでに浅草、上野見物の約束もさせてしまった爽快感に、巾着から小銭を取り出すと自分の好きな物を買いに行くかのように、こぼれる笑みを堪《こら》えて廊下に出て行った。

㈨　うめの先立ち

継太郎が男衆に混って現場に出るようになって一年半、幼い時から森で遊び、勝手知ったる庭先と思っていた仕事場は、予想を遥かに超えた厳しい戦場《いくさば》であった。

若さゆえに疲れ知らずであった半面、流す汗も人一倍多い。ユキは予備の水筒と、お弁当のにぎり飯も二人分持たせた。

それでも母親譲りというべきか、のみ込みも素早く、体得と機転の速さは誰に較べようもなく鋭いものがあった。

むしろ、現場で叱咤する年老いた順一郎の方が、足許おぼつかなくむしろ危険であった。

番頭の彦二郎が、「旦那様、継太郎様のことは、お任せ下さい」という再三の申し出にも、「年寄りの冷水、皆に委せなさいよ」と言ううめの忠告にも、邪魔は承知で現場にしゃしゃり出ていった。その熱意（?）に同調するように、周囲の者も一誉八叱《いちほめはちしかり》で継太郎に接した。継太郎も、そんなことにへこたれる青年ではなかった。先輩から言葉や体で教わることも早道で大切であったが、現場では現場そのものが教師であることを知り始めていた。

現場でのすべての有様が、無言で何かを語り、何かを意志表示している。地形然り。木樹《きぎ》の育ち方、気候風雨、季節の巡り然り。風のそよぎ、太陽の恵み然り。すべて自然の有様に逆らわず学んでいけば、皆と同じゴールに辿り着くだろうと考えるようになっていた。

「足の不自由さなんぞ、めじゃない。同じ山師の息子の安造や伝次郎が、俺の体を笑ったが、奴らに負けない」

そういう自覚は、継太郎を一回りも二回りも大きくしていった。

その年の暮れ、それも十二月三十日のことであった。ユキが調理した煮しめの味が、少々きついと順一郎が言うので、「世話の焼ける父っつあん!!」そう言いながらも「年寄りの分を別に準備すべっか」とうめが台所に立っていた夕食前のことであった。

台所といっても、囲炉裏のある居間より一段下がった所の土間納まりの炊事場。

かまどの火熱は顔だけをほてらせ、冷えは爪先から足の裏へ、骨に滲み込むように体中に伝わっていく。

下拵《したごしら》えを手早く済ませ、腰を落ち着けようと、ややはしょりながら段取りを終えようとしていた。しかし冷えと歳のせいもあって、用足しが近くなったうめは、我慢しきれなくなって、火のあんばいを調節すると外便所へ飛び出して行った。

「おい、うめ!! もう用意は良かろうが……。早くこっちへ来て上がれや!」

順一郎が炊事場の方に向かって声を掛けた。

しかし、返事はなかった。「大方、風呂の火かげんでも見ているんだろう」とその時は気にも留めず、囲炉裏で灰を掻き集めながら手持ち無沙汰を紛らわしていた。

ユキは奥座敷で、のし餅を切り餅にし、継太郎は馬小屋で飼葉《かいば》の切り刻みに追われて、居間に戻るには、未だ間があった。

ややあって、ドシーンと何かが地に倒れた低い物音というか響きを感じた。

人はあらかじめ、心の片隅に留め置いたことであれば虫の知らせにも神経を研ぎすまし、行動を起こす。しかし予想だにしないまさかのことには、身の近くで鳴っている警鐘さえ聞き逃してしまう。

奥座敷からユキが居間に戻ったのは、しばらくあってのことだった。

「あら、母さんは？」

「先刻から返事もせんで、炊事場に入りっきりよ」

「そうですか。お供えも切り餅の用意もできましたので、お餅でも焼きますか？」

「いや、うめと交代して、風呂の火かげんでも見てやっておくれ……」

「はい」

ユキは障子を開けながら、「母さん、代りましょう」と言った後、初めて異常に湧き上がって来る胸騒ぎを感じた。

かまどの火は、焚き落しになっていて、風呂の炊き口にも新しく薪《たきぎ》がくべられた様子もない。

「一体どうしたのかしら？　継太郎の所へでも行ったのかしら？」

ユキはそう呟《つぶや》きながら、板戸を開け表に出た。

納屋では、継太郎がまだ馬草《まぐさ》の整理をしているようだ。

「継太郎!! おばあちゃんは、そっちにいるかえ?」

ユキは数歩進んで声を掛けた。

「ばあちゃん? 全然!! こっちへ来た気配はねえよ」

継太郎はもう少しで自分の集中していた仕事が終わりそうなことから、邪魔になる呼び掛けには、迷惑そうに突っけんどんに返した。

ユキにとっては、火の始末が〝うめらしくない〟と気掛りになり、訳のわからぬ不安が追うように募ってくるのを押さえようもなかった。

西に面した勝手口の板戸を開けると、正面七、八歩の所に、つるべ式の井戸があった。そこから左へ十数歩進むと、外便所があって、それは南に向いた玄関の右側、南西に位置していた。つまり勝手口と玄関の中間にあったのである。

「そういえば、どのくらい前だったかくまが異常に吠え続けたわねえ……。人でも呼ぶように……。それに合吠《あいぼ》えするように、ゲンも遠吠えを止めなくて〝うるさい〟と思ったわ。でもあのときは、継太郎が馬小屋で仕事していたし……」

「母さん！　どこかにいる？」

もう一度ユキは声を掛けた。

「そうだ。くまやゲンに聞き尋ねるには、解き放ちが一番！」と玄関先の犬小屋に小走りになった。

何気なく右手の外便所に視線が向いたとき、気のせいか扉が開いたままになっているように見えた。

「母さん使ったのかしら？　火の始末にしても、御不浄《ごふじょう》を開けっぱなしというのも、なんとなく変だわ……」

気掛かって、方向を変え数歩進んだところで何かに蹴つまずいて、よろけた。前のめりになったまま、うつ伏せた母うめの横腹につまずいたことが、状況からすぐにわかった。あまりにもまさかという現実に、身の毛が弥立《よだ》ち震えが止まらず、何をどうしていいのか声を発することさえできなかった。

「継太郎!! 継太郎ちょっと来て!! おじいちゃん!! ばあちゃんが大変だ!」とうわずった呼び声を上げたのは、少し間を置いてからであった。

十数年前、重傷の雄二を引きずり背負って山を下った記憶が、どこからともなく呼び起こされ、頭の中を占拠していた霧を、冷静さが徐々に晴らしていくのを感じた。

耳許《みみもと》に声を掛け、体を大きく揺すってもなんの反応も示さないうめ。

「心臓も止まっているようだ」

ユキは心の動転を鎮めるように気合いを入れると、だらりとしたうめを抱き抱えて、勝手口に走った。入口に呆然と立ちすくむ順一郎の脇を抜け、ユキは奥座敷まで一気に進んだ。つい先刻、切り餅を作っていた隣の部屋である。正月の来客用に積んであった座布団を足で蹴とばして崩し、うめを労《いたわ》るように下した。継太郎も順一郎も、灯りの下で見たうめの姿に、〝万事休した〟と悟らざるを得なかった。

敷き直された布団に、再び見開くことのない安らかな眠りについたうめ。その姿を見つめていた順一郎の目頭は、長太郎、雄二、うめ……、と実にあっけない命の終末と、去来する限りない思いで、熱く溢れんばかりであった。

そして次々と胸に込み上げて来る複雑な思いを、大きな咳払い一つで押し殺した順一郎は、「継太郎!! 村の役員衆に連絡を取ってくれ。〝今しがた、うめが心臓マヒで逝ってしまった。年を越さずに、明日、うめの通夜をやる。但し葬式は三日開けての四日にする〃とな……。頼むぜ!!」

いつものやや嗄《しわ》がれた低い声が、心なしか震えているようにも聞こえたが、継太郎にははっきりと聞きとれた。

継太郎は凍てつき始めた暗い夜道を、灯りもともさず村の集落に向かって、駆け下りて行った。

入院中、人生は〃思いも寄らぬことの連続よ〃とユキが言っていたことが、ふと頭を過《よぎ》った。「人の生き死に、ばあちゃんの死も、きっとこれなんだろうな……。こんな年も押し詰まって、新しい年をあと一日で迎えるばっかりの時に……。でもおたおたしちゃあいけない」

継太郎は独り言を繰り返しながら、村衆の家に足早に急いだ。

村衆の誰がやって来るにしても、酒食の用意だけはせねばと、炊事場へ下り立ったユキは、うめが仕掛かりのままにしてあった夕食の下拵えを見て、自分達は未だに夕食前であることを思い出した。

「爺ちゃんにも、なにか腹に収めてもらっておかんと……。餅でも焼いて……」

そう思いついて納戸に足を運ぶ途中、座敷の順一郎に何気なく目を遣った。

聞こえるはずのない、聞くはずもないうめに、少し猫背になりながらうめくような声で、途切れ途切れになにか語り掛けていた。

「うめ‼　どうして神様が順番を間違えたのか、合点が行かねえ……。お前の天寿は、まだのはずだったがなあ……。

〝俺は漢方薬の世話になっている〟と言ったって、なにせ血の巡りの持病じゃあ。いつお迎えが来てもおかしくない年齢だったのになあ……。出掛けのとき、お前の〝しっかりせい！　しっかりせいや‼〟の励ましで十五年、長生きさせてもらったのは天寿の特例のおはからいか？　それともお前の分を、奪ってしまったのだろうかいな？　そうだとしたら、申し訳なかったなあ……」といって黙りこくった。

「いや爺ちゃん、母さんは生まれてから今日までの分しか、日めくりを持ち合わせていなかったのよ。爺ちゃんは、たとえなにがあろうとも、爺ちゃんの生まれ付いたときから背負っている日めくり分だけは、ちゃんと生きられるのよ……」

ユキは心の中でそう呟くと、納戸の襖を静かに開けた。そして「人生は思いも寄らぬことの連続、予想は常に覆されるもの」という信念にも似た自身の体験から得た教訓が、再び口の端《は》から独り言のように零《こぼ》れると、心の中に妙な落着きが生まれてきた。

一番手前にあった切り餅を籠に入れたユキは、再び台所に取って返す途中、ボソボソと繰り言でも言うように語り続けている順一郎に、声を掛けた。

「お爺ちゃん！　皆様が見えますよ。腹拵えでもしておいて下さい」

「おう、わかった」と言いながら、「ユキや、俺はここで餅を焼くから、網を用意してくれや」と練炭火鉢にいざり寄って、立ち上る気配すら見せなかった。

「お爺ちゃん、お婆ちゃんとはほんとうに苦楽を共にしながら、長い人生を歩んで来たでしょう。〝大抵のことは互いにお見通しのこと、言葉なんぞなんにも要らねえ〟とよくいってたじゃあないですか。今、枕元で話し掛けていることって、思い出のこと？　それともお別れの……言葉？　だって私は長太郎や雄二のとき、夫婦《めおと》の間は短かったし、若かったせいもあって、心の痛手が大きく、声も言葉もありませんでした。そして将来に対する不安に襲われて、御飯も喉を通りませんでしたから……」

「いや、なに……。婆ちゃんに話し掛けている訳ではないさ。老いの繰り言、ったのよ。できるなら、と思って、御先祖様にちょっと聞いてみたかっただけよ。

世間並みの順序からすれば、俺は先に逝った三人に看取られ、見送られてあの世へ旅立つのが筋だったはずだ。それなのにどうしたことか、すべて逆になってしまった。

家業を継いで、一家を盛り立てて来た俺が、どうして当り前の自然の成り行きにならなんだと、聞いてみたかっただけよ……。

世間の他人《ひと》は、わしが『そういう星の下に生まれついたんだ』と慰め言をいうだろうが、俺には合点が行かねえさ。

俺と僅かな後先で、この世に生まれて来た双子の弟は、体が少し弱かったのが幸いして、きつい山仕事には不向きだといって、十歳のとき、東京の遠い親戚に預けられた。

その後、偉いことに大学まで進んで、官吏の道で出世の旗頭《はたがしら》になっているんだ。

俺はそれが羨ましいというのでもなく、山の仕事が苦しくて耐え難かったというのでもない。山仕事は、天職だと思ってやってきた。ただ弟の家族が皆、健やかに育っていることが羨ましい。

将来の屋台骨が、二本とも折れ散って佐藤家の有様が危うく絶たれるところを、ユキ、お前やうめの支えで、なんとかやってきたところじゃあねえか。

後を取った俺が、どうにも抗しようもない挫折を強いられるのは、わしに生まれ付いた、いや生まれる以前から体内に受け継いだ負の遺産だったのか……。あるいは目に見えない巡り合わせだったのか、聞いてみたかっただけよ……」

順一郎は焦げてもいない餅を何度も引っ繰り返し、答えの得られない自分自身に苛立ちを憶えているようだった。

突然くまが吠え、ゲンも呼応するように吠えた。ユキは表に人の気配を感じ、履物の整理をと、玄関の方へ足を運んだ。

正月用にきちっと並び置かれた下駄や草履《ぞうり》の中に、うめの編んだばかりの真新しい藁履《わらぐつ》に、ユキの視線が誘われた。

「お婆ちゃんは、いつも通り大山のお不動さん、日向のお薬師様、大雄山最上寺へと日和を見て、お詣りするつもりだったんだ。

長太郎や雄二のように、突然だもの……。この突然は、一体いつ日めくりに書き込まれるのかしら？　よく生まれ付きっていうから、血筋で受け継ぐものだったらどうしようもないことだわ。お爺ちゃんの言うとおり、すぐに答えなんか出ないし、出ても生まれた後の早め薬だわ……」

ユキが玄関の整理を終えるや否や、数人の村衆の影が、ガラス戸に映った。

そしてその声の中に、一役こなして来た継太郎の声も混じっていた。

㈩　槐の木

荒々しく粗野に見えながらも、緻密さも要求される山仕事。人力では決して変えられない自然のリズムとの付き合いの中で培われた耐え忍ぶ力。タフなはずの順一郎の心も、あっけなく悲しみに押し切られ、理性は土俵の外にあって、なにかと愚痴を零すことが多くなった。

そして故人を偲ぶ集いの中で、ふと思い当たる節、シグナルが点滅していたにもかかわらず、つい等閑《なおざり》にして過ごしてしまった自分を悔いた。

裏の雑木林の端、先祖の墓所近くに二本の槐《えんじゅ》の木が植えられていた。

蟬時雨《せみしぐれ》の夏、ジリジリと焼きつける太陽。

草花は濃彩の色どりで、季節を競い合う。

槐は黄白色の花をつける清楚な存在であった。しかし初秋を迎える頃、しずしずと散り落ちる花びらや実、枝葉などの部位も貴重な止血薬として、医者とは縁遠い山間の村人にとっては、大切な薬のなる木であった。

効果のほどはさておき、家々が独自の使い方で、祖母から母へ、母から娘、嫁へと女衆の手に受け継がれていた。

そして一方では家門の繁栄、特に立身出世の木と、古くから尊ばれていた木でもあった。出掛けには、〝しっかりせい！　しっかりせいよ、あんた、疲れた後ろ姿は人に見せるでないぜ!!〟と順一郎にはっぱを掛けていたうめが、実は当時から体調が今一つ勝れず、秘かに槐の葉を煎じて服用を続けていたことが、ユキの話の中からわかった。

そして秋になると、莢《さや》に内包されて採れる実を、酒漬けにしては薬用酒として密かに飲み続けてもいたらしい。それは台所の隅に、ほとんど終わりかけていた焼酎漬けの一升瓶と、まだ手のつけられていない二本の瓶が残されていて、ユキが愛用していたものではないとのことだった。もともと無口で我慢強いうめのこと、自分には内緒で治したかったのだろうと、順一郎は思った。

二の宮から中井を経て大井に抜ける街道は、途中、曽我、沼代からの大山街道と合流し、中村川に沿って進んでいた。

その川沿いに雑色《ぞうしき》という所があって、村の役員衆の一人でもあり、大工の棟梁をしていた金作が住んでいた。

順一郎とは同《おな》い歳であったが、歳を取ると〝釘まで人を馬鹿にしやがる〟と言って、引き際を早めて、息子に身代を譲っていた。

体力の衰えから打ち叩く力が弱まっていくのか、視力の弱まりから微妙に中心を外して打っているのか、とにかく玄能で打ち込む釘が、思うように入らず、折れ曲がったりすることが度々となって、引退を決意したのだそうだ。

その連れあいのトメが、〝耳鳴りがする〟〝目まいがすることが多くなった〟と言ううめの訴えを聞いて、「自分家《じぶんち》も槐の木がある。二、三代前に植えられた、庭木の中で一番大きい木だけんど……」と言ってその自慢の木から採れた実を焼酎漬けにした二～三年物を、「良く効くぜ」とうめに奨めていたことも寄り合いの話の中でわかった。

その薬効がどうであったにせよ、またうめの死は寿命であったにせよ、番頭の彦二郎の言うとおり、ユキや皆に任せてうめと共に、もっとゆとりを持つべきだった。そして継太郎を残したことで役割を終えていたのに、自己欲か、己の願望のためか、お坊様が諭されたように何かを見失っていたことを悔いた。

人は生きていく上で、有形無形の悩みは尽きない。

家長の自分は、責任の重みに匹敵する大きな裁量があって、少々の悩みやその他は解消できる術があった。

己の力の及ばない、道理に合わない壁にぶつかると、奥座敷に掲げられた先祖の肖像画に向かって、あるいは墓所に立って愚痴を述べ、悩みを告白する。解決には至らなくとも、己の非力さを嘆き、気を紛らわした。

嫁には、夫という存在があっても先祖に向かって、それはできなかったであろう。

立春とは名ばかりの山間の春、丹沢おろしが吹かなければ、葉の枯れ落ちた雑木林を吹き抜ける風は、音もたてず痛さを目に残して、静かに去って行く。

何かが吹っ切れた順一郎は、弟長治郎の立身出世を願って親爺が植樹した若木を残して、古木の槐を切り倒した。それを契機に、仕事の一切から身を引いて、細身ではあったが立位の薬師様を彫り始めたのである。

器用な上に、のみや木の扱いには馴れていたとはいえ、仏像を彫るということは、生半可な我流では少々勝手が許さなかった。

それでも秋には、それらしき姿のものができあがっていた。いよいよ顔の仕上げ、手は枝ぶりを利用した「施無畏《せむい》・与願印《よがんいん》」の形を完成させるべく心を集中させていた矢先のこと、秋の夕陽が山際に隠れるように、順一郎の命は終わりを告げてしまったのである。明治四十二年十月、仲秋の頃であった。

順一郎の願いを心に留めていたユキは、未完成ではあったけれども、元木近《もとぎ》くに簡素な御堂を造り、御坊様を呼んで奉祀《ほうし》し形を整えた。

ユキや継太郎の嫁のスミ、黒衣《くろこ》になって佐藤家を支え、牛馬以上に働く女衆達にとって、たとえそれが本物の薬師如来様でなくとも、「オンコロコロ、センダリ　マトウギ　ソワカ」と唱えて、嫁の悩みや愚痴を聞いてもらえる因《よすが》となれば、病魔ばかりでなく、苦止《くど》め、悔やみ止めの効果は十分だった。

そして左手のてのひらの薬壺に、槐の実一粒入れて、願意を唱えてきたのだった。

五　今という時代

「話が長くなってしまいましたが、たみ婆ちゃんがしがみついていた仏像の由来って、こんなところなんですよ。他愛ないと、一笑に付してしまえばそれまでですが、それぞれの時代に生きた人の生活背景を慮《おもんぱか》ると、決しておろそかにはできない部分があるんですよ」

恭子はそういって、ゆっくりとお茶を飲み干した。

「たみ婆ちゃんの願いか、悩みは、今回聞き届けてもらえなかったのですかねえ……?」

良介は自分の言葉の途中で、お節介な質問をしてしまったと気付いた。

「いえ、そんなことはありませんよ。婆ちゃんは五人の子宝に恵まれました。特に上二人は、曽祖父の順一郎と同じように、一卵性の双子で、長男孝一は、国家公務員となって、中井の町を出て行きました。そこで次男の孝二が農学部出身であったことから、父親の繁太郎《しげたろう》の手助けをしながら自然と後を継いだのです。自然の時の刻みは、昔も今も変わりません。でも人の世の移り変わりと申しますか、時代は人が動かし流れているではありませんか……」

「そうですね。なにもかも速すぎて、目まぐるしいだけで息苦しくなりますね。特にグローバル化の時代だなんて呼んでいますものね」

「良介さんも、そう思います？　ですから家業であった林業にしても、コストの安い輸入外材に取って替わられ、事業としてはもう成り立たなくなっているんですよ。

それに、蜜柑の木もおよそ六十年の樹令を数えて、生産性からいっても、栽培方法からしても、曲り角を過ぎてしまっているんです。

そして今、中井の山の中にも高度情報化の波は押し寄せ、若い世代は都会と全く同じ感覚で育っています。汗水たらして地道に働かなくても、お金さえ出せば、キーを押しさえすれば、なんでもかんでも簡単に手に入る世の中になってしまいました」

「そう、二言目には、金、金、銭金の時代ですね。否定できない悲しい現実ですかね」

槐の仏師よろしく、良介は恭子の話の聞き役に回った。

「だってね、良介さん。数年前父親の相続の発生で、兄の孝一名義のミカン山の一番はずれの雑木林が、つい一昨年、工業団地の整備とかで目の眩むような金額で買収されたんですよ」

「ああ、あの裏山から少し離れた……。広い道路ができて、きれいなビルが建っていましたね」

「法律上の仕組みですから、とやかく言うことはできませんが、ただ一言〝羨ましい〟とは誰もが思います。いろんな意味で、子供達にもたみ婆ちゃんにも衝撃を与えたんです」

「そうねえ……。自分達が一生働いても得られない金を、棚ボタ式に得られるっていうのも、運の良し悪しだけでは片付けられない、心の柱が折れてしまうような、言葉に言い表わせないやるせなさが募りますね。孝二さんは？」

「あの人は、『奴は運の強い野郎だ』……ただそれだけ。そして相変わらず今年は糖度が十三度以上に達したかな？　剪定《せんてい》時期は？　収量と樹形の相関はどうなったかな？　もっと機械化できないかな……。そういったことに没入して……。私もそれに従っていましたが、情報やうわさは風のように村中を万遍な

く駆け巡って、頼みもしないのに自分達の耳に、否が応でも入って来るんです
よ。そんなこんなで、社会人に巣立ったばかりの長男を筆頭に、四人の男の子
誰もが『後を継がない』と公言して憚らないものですから、〝墓が無縁仏にな
って荒れちまう〟とたみ婆ちゃんも余計な心配をして、気に病んでいたらしい
のです」
「確かに孫の男四人も健康に育って、跡取りがいないというのは、時代が時代
とは言えたみ婆ちゃんにとっては寂しいことだ。墓守りのことまで言うようで
は、寂しいでは済まされないほどのショックだったのでしょうか？」
「いいえ、冷静に考えれば、私達の世代の責任ですから、婆ちゃんには関係なか
ったことなんです。老婆心と言ったら怒られますけどね……」
丁度その時、香代が「コーヒーが入りましたよ」と言って、ドリップしてい
る時から漂い続けていた香りを運びながら、テーブルにコーヒーを差し出して

来た。

「奥様、ごめんなさい。御礼の御挨拶に伺ったのに、長話をしたあげく、なんだか話が湿っぽくなったみたいで……」

「いいえ……。ほんとうに貴重なお話でしたわ。家にしても、仕事にしても時代を跨《また》いで維持継続していくには、仕切る人、陰で支える人が絶対に必要だということはわかっていますが、よく承知していながら、黒衣になって支える人を等閑にしてしまうのが世の常ですものねえ。佐藤家ではきちっと確かなものにしていることが偉いですねえ。御家族安泰ですわ……」

「いえ、いえ……。奥様、私達の世代まではそれで良かったのですが、息子達のことはこれからなんですよ」

「でも先達てお伺いした折、お手伝いの人達と共に家族全員で収穫に山の中を走り回っているのを、目の当りにして、ファミリーの絆はとても太く、どなたでも後継者は磐石と映りましたけど……」

「ええ……。確かに四人の子供は、小さい時から私達大人に混じって施肥、水遣り、病害虫の防除、手もぎ摘果、除草、糖度の按配、収穫などミカン栽培の一通りの作業を続けて参りました。ですから太陽と水のありがた味、そのお蔭で土からあらゆる物が芽生えて来ること、そして大地から豊かな生命力を貰って結実があるんだということを、体の隅々にまで、染み渡らして育って来ているはずです。足を地に着け本人達が望むなら、町から出て行き、都会ばかりでなく海外に出て働くことがあっても良いと思っています」

「さすが恭子さん、やっぱり偉いや！　ユキさんとはまた違った哲学というか、信念ですね」

「だって、時代に合わせていくには、継木的発想で何をやってもいいと思っています。林業やミカン栽培を続けなくてはいけないというプレッシャーは、強いられることを毛嫌いする今の子供達には、受け入れられません」

「なあるほど……」

「自ら新しいスタート台に立った継太郎爺ちゃんは、足の不具合をものともせず、炭焼用の原木を育てる山を切り拓いて、ミカン栽培に人生を賭けたんですもの。ユキさんも、嫁のスミさんも、『ミカンの生産出荷でなんとか成功したい。でも経験不足で失敗するかも知れない』そういう重圧を抱えながらやり通したんだと思います」

「ほんとうに、それは素晴らしい教訓ですね」

「教訓というと、なにか固苦しいですけど……。佐藤家の小さな歴史物語が続くためには、国の内外を問わずどこでも何でもいいから、体験なり技術を積んで、新しいスタート台を作ってくれれば結構と私は思っているんですよ。スタート台が中井であれば理想的。そして皆が同じ空気を呼吸する。ほら〞スタート台で深呼吸する空気は、皆一緒〟が一番の理想なのよ。たみ婆ちゃんは、『それが甘い！　甘やかし過ぎ。だから長男坊は社会人となって、東京に出て行ってしまった』と、愚痴をこぼして嘆くんですよ」

「必ずしも長男が後継でなくたってねえ。また、御長男もノーリターンではないでしょうに」

「そうなんです。三人の誰かでも……。長男だって、陽が落ちても眠らない大都会の生活リズムや動きばかりが目まぐるしく、休むことのないビジネス社会に疲れたとき、田舎町中井の里は楽園だと思うでしょう。そして山の檜や杉の森に入って、自然のリズムに浸り充電したくなる日が来ると思います。樹々は十年や二十年待つこと、痛くもかゆくもないからって……」

良介が相槌を打ち、言葉を続けようとした時、プルルーンと電話が鳴った。

「もしもし、佐藤だけんど……。ああ、香代奥さん？　この間はどうも御世話になりました。お蔭さんで、お袋は命拾いして助かりました。ほんとうに御手数掛けました。ところで、うちのカミさん何時頃帰りました？　ええ!!　まだいる？　ちょっと代わってくれます？」

「申し訳ありません。お引き留めしてしまって……」

「お前《めえ》、何やってんだあーよ。尻《けつ》に根《ね》植《は》やして、何くっちゃべっていたんだよ。御礼は済んだだべえよ……」

「ごめんなさい。ちょっと話が弾んでしまったものですから……。すぐ戻ります」

「おおよ。お袋の介護、待っているぜ……」

「はい。わかりました」

例によって、年相応の言葉遣いとは思えない乱暴な会話が、電話口から漏れ聞こえて来た。

受話器を置いた恭子は、何事もなかったように、ゆったりと腰を折っておいとまの挨拶を済ませると、駐車場に向かった。

〈完〉

著者プロフィール

大山 高志（おおやま たかし）

本名・芹澤豊。東京都立大学理学部卒業。
「住まいの彩り、暮らしの感動」をモットーにインテリアリフォーム会社を経営。インテリアコーディネーター（921216A）として活動中。

御苦止め様

2003年12月15日　初版第1刷発行

著　者　大山 高志
発行者　瓜谷 綱延
発行所　株式会社文芸社
〒160-0022 東京都新宿区新宿1－10－1
電話 03-5369-3060（編集）
03-5369-2299（販売）

印刷所　株式会社平河工業社

ISBN4-8355-6742-0 C0093